本当にあった？ 世にも奇妙《きみょう》なお話

たからしげる 編

PHP

まえがき

このシリーズ（全三巻《かん》）には、児童書界《じどうしょ》の第一線で活躍《かつやく》している三十人の著名《ちょめい》作家が、身のまわりで「本当にあった」出来事をもとに書き下ろした三十のお話を収《おさ》めています。どのお話も、不思議《ふしぎ》で、奇妙《きみょう》で、不可解《ふかかい》といっていいでしょう。それはたしかに本当にあったことではあるのですが、にわかには信《しん》じてもらえそうもないお話ばかりです。

だれも何もしていないのに、ランドセルがいきなり教室から消えて、思ってもいなかった場所で見つかる、なんてことがあるのでしょうか？　偶然《ぐうぜん》の一致《いっち》というのは、本当にただの偶然《ぐうぜん》でしかないのでしょうか？　それとも、もっとほかの大きな意味があるのに、わたしたちはただ、それに気がつかないだけなのでしょうか？　鳥や風船、飛行機《ひこうき》ではなく、まさか一台の馬車が空に浮《う》かぶのを見る人なんているでしょうか？

この巻《かん》に収《おさ》められた作品のキーワードは「奇妙《きみょう》」です。だれにも想像《そうぞう》できそうもない「世にも奇妙《きみょう》なお話」ばかり、十編《ぺん》をそろえました。その作風は、大きく二つに分かれます。一つは、「本当にあった」ことをもとに、作家としての想像《そうぞう》力《りょく》をさらに加《くわ》えて、一つの物語に仕上げたものです。もう一つは、作家の身におきた奇妙《きみょう》な出来事をそのまま、みなさんに紹介《しょうかい》したものです。どちらの作風も、読みごたえたっぷりです。

この一冊《さつ》を読んで、もっとたくさん読みたいよー、と思った人は、残《のこ》る作家二十人によるシリーズの姉妹編《しまいへん》『本当にあった？ 世にも不思議《ふしぎ》なお話』『本当にあった？ 世にも不可解《ふかかい》なお話』の二冊《さつ》もぜひ、手にとってみてくださいね。

それではみなさん、世にも奇妙《きみょう》な世界へ……。

二〇一七年　春

編者《へんじゃ》　たからしげる

本当にあった？
世にも奇妙《きみょう》なお話
＊目次

Design
印牧真和
Illustration
shimano

本当にあった？
世にも奇《き》妙《みょう》なお話

フラッシュ・フォワード

小森香折《こもりかおり》

死っていうのは、すごくふしぎだ。

ぼく、澤井一樹《さわいかずき》は小学五年生。だからこうしているあいだにも、世界でたくさんのひとが死んでいくことを知っている。人間はみんな死ぬものだし、父さんや母さんだって、いずれ死んでしまう。そう、頭ではわかっているんだ。きょうが人生最後《さいご》の日になるかもしれないってことも。

でもふだんは、そんなことは忘《わす》れている。死はどこか遠くにあって、自分とは関係《かんけい》がない。そう思っているんだ。

だけど十月のある夜。ぼくは生まれてはじめて、死がそばにいるのを感じた。

ぼくは母さんと深夜タクシーにのっていた。行先は病院。父さんが駅で心臓発《しんぞうほっ》作《さ》を起こして倒《たお》れたという電話があったのだ。それは十時すぎで、母さんはお風《ふ》呂《ろ》で髪《かみ》を洗《あら》っているところだった。ぼくの手をにぎりしめている母さんの髪《かみ》は、まだ濡《ぬ》れたままだ。

(父さん、死んじゃうのかな)

窓《まど》の外の景色《けしき》は見なれたものなのに、知らない街《まち》を走っている気がした。ぼくは背中《せなか》がぞくぞくした。牙《きば》をむいたおそろしいけものにつかまれて、つめたい息を吹《ふ》きかけられたみたいに。ぼくは外をながめるふりをして、ふるえているのを気づかれないようにした。

集中治療室《ちりょうしつ》に入ると、父さんはのどに太いパイプをつっこまれて、何本ものチューブにつながれていた。ぼくは息が苦しくなったけど、ベッドのわきに立っている看護師《かんごし》さんを見て、目をみはった。

それは二十歳《はたち》くらいの看護師《かんごし》さんで、この世のものとは思えないほどきれいな女のひとだった。テレビドラマにだって、こんな美人の看護師《かんごし》さんはでてこない。白い肌《はだ》はなめらかな陶器《とうき》みたいで、それこそ一点のくもりもない。

父さんは助かると、ぼくはふいに思った。こんなきれいなひとに見つめられたら、ぜったいに息を吹《ふ》きかえすはずだ。

事実、父さんは持ち直してくれたのだ。いったんは心臓《しんぞう》がとまって、ほんとうにあぶないところだったんだけど。

「死にかけたときのことって、なにか覚《おぼ》えてる?」

父さんがよくなって一般病棟《いっぱんびょうとう》にうつると、ぼくはそうきいてみた。臨死体験《りんしたいけん》といって、死にかけたひとが花畑や三途《さんず》の川を見るという話を聞いたことがあるからだ。

「そうだなあ。ベッドのむこうにぼーっとした影《かげ》があって、こっちを見てる気がした」

「え、それって、死神とか？」

「いや、なにかはわからないんだけど、悪いものじゃないんだ。死んだ身内のだれかが、見守っててくれる感じかな。あとは緑の丘《おか》に、仏《ほとけ》さまがいっぱいならんでいるのを見た。すごくきれいなところでね。ああ、おれは死んだんだなと思ったよ。でもこれが死ぬってことなら、死はこわいものじゃないと思ったな」

ぼくはちょっと驚《おどろ》いた。ふだんの父さんは幽霊《ゆうれい》だの死後の世界だのという話を、ばかにするほうなんだ。

「じゃあ天国には仏《ほとけ》さまがいっぱいいたってこと？　天使や神さまじゃなくて？」

「とりあえず、父さんは仏《ほとけ》さましか見なかったな」

「キリスト教徒《きょうと》のひとが死んで、天国に仏《ほとけ》さましかいなかったらショックだろうね」

父さんが死んでしまうと思ったとき、ぼくはすごくこわかった。母さんだって、しゃがみこんで大泣《おおな》きをした。なのに死にかけている父さんは、死はこわくないと思っていたんだ。「あんなに泣《な》いて損《そん》したわ」って、母さんはくちをとがらせた。

退院《たいいん》した父さんはすっかり元気になって、いうことも父さんらしくなった。

「あのときは、もうろうとしていたからな。仏《ほとけ》さまの丘《おか》っていうのは、父さんが勝手につくりあげた、天国のイメージなんだろう」

「父さん、無宗教《むしゅうきょう》だっていってたのに」

「基本的《きほんてき》にはそうなんだがなあ。でもひとつだけ、どうしてもわからないことがある」

そういって、父さんはまじめな顔になった。

「集中治療室《ちりょうしつ》で、生死の境《さかい》をさまよっていたときのことだ。うつらうつらしてると『お父さまの手術《しゅじゅつ》、長くかかって大変《たいへん》でしたね』っていう、槙野《まきの》さんの声が聞こえた」

槙野《まきの》さんというのは、例《れい》の、すばらしくきれいな看護師《かんごし》さんだ。

「槙野《まきの》さんは、患者《かんじゃ》さんの家族に話しかけているようだった。むかいのベッドの横に、若《わか》い男が座《すわ》っているのが見えた。患者《かんじゃ》さんの息子《むすこ》だろう。顔はわからなかったが、赤いチェックのシャツに、すりきれたジーンズ。紺《こん》のスニーカーだけは新品で、ロゴのアルファベットがくっきりと白かった」

「ふうん？　ぼく、むかいのベッドにどんなひとがいたかも覚《おぼ》えてないや」

思いだそうとしても、うかんでくるのは槙野《まきの》さんの顔だけだ。

「『これからどうなさいますか』って槙野《まきの》さんがきくと、若《わか》い男が『石神井《しゃくじい》の家に帰って寝《ね》ます。ゆうべは全然眠《ぜんぜんねむ》れなかったんで』と答えた。夕方に岡山《おかやま》から親《しん》戚《せき》がでてくるといっていたが、あとのことは覚《おぼ》えていない」

「で？」

「問題は、つぎの日なんだ。朝に担当医《たんとうい》が来て、不整脈《ふせいみゃく》がよくならないんで薬を変《か》えるといった。その薬が効《き》いたおかげで助かったから、べつの日だってことははっきりしてる」

父さんは、だれにも反論《はんろん》させないぞという顔になった。

「またうつらうつらしていると、槙野《まきの》さんが話しているのが聞こえた。目をあけると、真新しい紺《こん》のスニーカーをはいた男が見えた」

「きのうのひとだね」

「チェックのシャツとジーンズもおなじで、きのうの男だなと思った。すると槙《まき》野《の》さんが『お父さまの手術《しゅじゅつ》、長くかかって大変《たいへん》でしたね』といったんだ」

「え？　だって」

「そう。きのうも手術《しゅじゅつ》したはずなのに、また長時間の手術《しゅじゅつ》なんておかしい。で、槙野《まきの》さんが『これからどうなさいますか』ときくと、男はゆうべ全然眠《ぜんぜんねむ》れなかったから、石神井《しゃくじい》の家に帰って寝《ね》ると答えた。しかも夕方に、岡山《おかやま》の親戚《しんせき》が上京してくるというんだ」

「きのうとおんなじ話をしてたってこと？」

「そうなんだよ。ふたりのやりとりは一言一句《いちごんいっく》、前の日とそっくりおなじだったんだ。まるでビデオの再生《さいせい》ボタンを押《お》したみたいにね。へんだろう？」

父さんは真剣《しんけん》になったときのくせで、ぐっと前かがみになった。

「薬のせいで、記憶《きおく》がごっちゃになったわけじゃない。父さんには、おなじ場面を二回見たとしか思えないんだ」

「岡山《おかやま》の親戚《しんせき》ってひとは、そのあとで来たの？」

「うーん。残念《ざんねん》ながら、そのあたりは覚《おぼ》えてないんだよ。でも思い違《ちが》いじゃないってことは、たしかなんだ」

なんとも説明《せつめい》がつかない、すっきりしないと、父さんはぼやいた。母さんは「夢《ゆめ》でも見てたのよ」と相手にしなかったけど。

おなじ場面を二回見たって、どういうことだろう。

ぼくは友だちに、そのことを話してみた。だけど地味な話だから、「へえ？」

って感じで、だれものってきてくれない。みんながききたがるのは、槇野《まきの》さんがどれだけ美人で、タレントならだれに似《に》てるかってことだけだ。

しかたなく、ぼくは図書館で臨死体験《りんしたいけん》の本を読みあさった。わかったのは、死にかけたひとは、似《に》たような体験《たいけん》をするってことだ。暗いトンネルのむこうに光が見えたとか、死んだおばあちゃんがでてきて、「こっちに来るのはまだ早い」といわれてひき返したとか。幽体離脱《ゆうたいりだつ》といって、からだから魂《たましい》(?)だけがぬけだして、寝《ね》ている自分を見下ろすという話もあった。

父さんみたいに、おなじ場面を二回見たという話は見当たらない。

やっぱり、かん違《ちが》いなのかなあ。

あきらめかけたとき、ぼくはぶあつい本の目次に「フラッシュ・フォワード」という言葉を見つけた。

過去《かこ》にあった場面をぱっと思いだすのが、フラッシュ・バック。フラッシュ・フォワードというのは、未来《みらい》に起きる場面を見てしまうことらしい。

臨死体験《りんしたいけん》では、フラッシュ・バックはよく起こるという。これまでの人生のいろんな場面が、走馬灯《そうまとう》のように見えるってやつだ。数はすくないけれどフラッシュ・フォワードの例《れい》もあることが、その本にはのっていた。十歳《さい》の女の子の話で、その子は死にかけたときに、暖炉《だんろ》の前で遊ぶふたりの子どもを見たそうだ。知らない子だったけど、それから二年たってから、そのとき見たふたりが、前に見たとおりに遊んでいるところにでくわしたんだって。

これだ！

ぼくは興奮《こうふん》して家にもどると、父さんが帰ってくるのを待ちうけた。

「父さん！　なぞがとけたよ！」

「なぞ？」

「おなじ場面を二回見たって話。槇野《まきの》さんが患者《かんじゃ》さんの息子《むすこ》と話していたのは、一度だけなんだよ。父さんは死にかけていたときに、未来《みらい》のことをフラッシュ・

フォワードしたんだ。つまり、一日あとに起きることを見たんだよ」

ぼくは夢中《むちゅう》になって、調べてきたことを話した。だけど父さんはうわのそらで、サッカー中継《ちゅうけい》のスイッチをいれた。

「フラッシュ・フォワードねえ。あのときは確信《かくしん》があったけど、やっぱり父さんは意識《いしき》がもうろうとして、記憶《きおく》がごっちゃになったんだよ。未来《みらい》を見るなんて話は、信《しん》じられないなあ。いっぺん見たことを、二回あったようにかん違《ちが》いしただけさ」

あっさり否定《ひてい》されて、ぼくはがっくりした。

だけどつぎの日になって、いいことを思いついた。槙野《まきの》さんに会って、たしかめてみるんだ。

槙野《まきの》さんは毎日いそがしいから、父さんが聞いた会話を忘《わす》れているかもしれない。だけど家が石神井《しゃくじい》だとか、岡山《おかやま》の親戚《しんせき》って話をだせば、思いだしてくれそうな気がする。それがだめでも、父さんとおなじとき集中治療室《ちりょうしつ》にいた患者《かんじゃ》さんが、いつ手術《しゅじゅつ》したかは調べられるはずだ。

父さんが薬を変《か》えてよくなったのが、十月八日だってことは覚《おぼ》えている。父さんは、七日と八日におなじ場面を見た。むかいのベッドの患者《かんじゃ》さんの手術日《しゅじゅつび》が八日なら、父さんがフラッシュ・フォワードしたという証明《しょうめい》になる。

たとえ手術日《しゅじゅつび》がわからなくても、槙野《まきの》さんのきれいな顔をじっくりながめることはできる。そう考えると、わくわくしてきた。

いついこうか考えていると、父さんの検診日《けんしんび》が近いことがわかった。ちょうどいいので、ぼくは父さんについていくことにした。

父さんも槙野《まきの》さんに会うのが楽しみみたいで、ちゃっかり高級チョコレートのおみやげを用意していた。母さんにばれたら、まずいことになると思うな。

父さんが一階で検診《けんしん》をすませると、ぼくらはナース・ステーションのある三階にあがった。

師長《しちょう》さんが父さんに気づいて、あいさつをしてくれた。残念《ざんねん》ながら槙野《まきの》さんはいなかった。どこか病室をまわっているらしい。

「父さんが集中治療室《ちりょうしつ》にいたとき、むかいの患者《かんじゃ》さんが、いつ手術《しゅじゅつ》をしたかわかりますか？　すごく長い手術《しゅじゅつ》だったはずだけど」

そうきくと、師長《しちょう》さんは首をかしげた。むかいのベッドにいたのは、師長《しちょう》さんの知り合いのおばあさんだったというのだ。石神井《しゃくじい》にすんでいる息子《むすこ》も、いないという。

「へんだね」

ぼくと父さんは、槙野《まきの》さんをさがしてみることにした。廊下《ろうか》を歩きながら、父さんはつぶやいた。

「ここのにおいをかぐと、しんどかったときを思いだすな」

この病院は心臓手術《しんぞうしゅじゅつ》で有名で、毎日発作《ほっさ》を起こしたひとたちがかつぎこまれる。病棟《びょうとう》はあわただしく、廊下《ろうか》のすみでは、ひくい声でお葬式《そうしき》の相談をしているひとたちもいた。

「どうやら、スニーカー男は夢《ゆめ》だったらしいな」

父さんはそういって、頭をかいた。

「死にかけて血液《けつえき》の二酸化炭素濃度《にさんかたんそのうど》が濃《こ》くなったり、脳《のう》に酸素《さんそ》がいきわたらなくなると、幻覚《げんかく》を見るらしいから」

その話は、ぼくも読んだ。けっきょく臨死体験《りんしたいけん》は、脳《のう》がつくりだしたまぼろしにすぎないって説《せつ》だ。

だけどぼくは、父さんが死ぬと思ったときの、なんともいえない感じが忘《わす》れられなかった。父さんが死ぬかもしれないと思っただけで、異次元《いじげん》に迷《まよ》いこんだ気がしたんだ。まして自分が死にかけたら、ふだんとは違《ちが》う世界に入りこんでしまうんじゃないのかな。

生きているっていうのは、ピンでとめられたみたいに「いま、ここ」にいるってことだ。きのうにはいけないし、明日《あした》にもいけない。

死は「いま、ここ」っていうピンがはずれてしまうこと。つまり、いままでもここでもない世界へいくことなのかもしれない。死にかけたひとは時間の流れから自由になって、未来《みらい》を見たりするのかも。

そんなことを考えていると、通りかかった病室から槇野《まきの》さんの声が聞こえてきた。

「お父さまの手術《しゅじゅつ》、長くかかって大変《たいへん》でしたね」

ぼくははっとして、病室をのぞきこんだ。

槇野《まきの》さんの前には、若《わか》い男が座《すわ》っていた。赤いチェックのシャツに、すりきれたジーンズ。紺《こん》のスニーカーは真新しく、ロゴマークがくっきりと白い。

「これからどうなさいますか」と、槇野《まきの》さんがきく。

「石神井《しゃくじい》の家に帰って寝《ね》ます。ゆうべは全然《ぜんぜん》眠《ねむ》れなかったんで」

つかれきった声で、男が答える。

父さんが、うしろで息をのむのがわかった。

「夕方、岡山《おかやま》から親戚《しんせき》がでてくるんです」

男がそういうのを聞いて、ぼくは確信《かくしん》した。
フラッシュ・フォワード！
父さんが見たのは、いまここで、起きていることだったんだ！

絶対音感《ぜったいおんかん》

森川成美《もりかわしげみ》

「練習不足《ぶそく》よ、椿《カメリア》ちゃん。もう五年生なんだから、わかるわね」

はい、と答えて、あたしはピアノの先生の家を出た。

たしかに今週は全然《ぜんぜん》練習していなかった。女子の間でゴム跳《と》びが急にはやりはじめて、毎日夢中《むちゅう》で遊び過《す》ぎてしまったのだ。自分が悪いとわかっているけれど、叱《しか》られるとなんだかむしゃくしゃする。

先生の家からうちまでは歩いて二十分ぐらいだ。あたしは、むしゃくしゃをおさえるために、いつもと違《ちが》う道を通ることにした。

道が直角に交差《こうさ》する住宅街《じゅうたくがい》だから、はじめてのところを通っても帰れる。

二回か三回曲がったところで、ピアノの音が聞こえるのに気がついた。

調律《ちょうりつ》のときのように、同じ音ばかりを続《つづ》けてたたいている。

あたしには絶対音感《ぜったいおんかん》がある。絶対音感《ぜったいおんかん》というのは、ある音をひとつだけ聞いても、それがどの音かということがわかる能力《のうりょく》だ。生まれつきの場合もそうでない場合もあるらしく、プロの音楽家さんでも、持っている人といない人がいるという。

（どの音かな）

考えてから、あたしはびっくりして、立ち止まった。

その音は、ピアノの鍵盤《けんばん》にない音だったからだ。

ピアノの鍵盤《けんばん》の数は、決まっている。八十八鍵《けん》だ。金色の鍵穴《かぎあな》の近くにあるドの音が真ん中のドで、上は、そこから数えて四オクターブ上のドの音でおしまいだ。

だけど、その音はそれより白鍵《はっけん》二つ分も高い、ミの音だったのだ。

（そんなピアノあるんだろうか……）

学校の古いピアノなんかだと、端《はし》っこのあたりの音は狂《くる》っていることがある。気がつかない人も多いけれど、あたしにはわかる。けれども、高い音は低《ひく》めに狂うのが普通《ふつう》だ。

一番高い音より二つも高く狂《くる》って、ミの音になっちゃうなんてこと、あるだろうか？

しばらく聞いていると、驚《おどろ》いたことに、さらに高い音に変《か》わった。ファだ。狂ってるんじゃ絶対《ぜったい》ない。ってことは、このピアノは、八十八鍵以上《けんいじょう》あるのか？

（どこから聞こえるんだろう）

あたしは顔を上げて、あたりを見まわした。

タイル張《ば》りの駐車場《ちゅうしゃじょう》の周《まわ》りに、薄《うす》いクリーム色の壁《かべ》に灰色《はいいろ》の屋根、同じ形の家が、数軒建《すうけんた》っている。新築《しんちく》でどれもきれいだ。一番奥《おく》に、一軒《けん》だけ、オレンジ色の壁《かべ》の家があった。二階の窓《まど》が開いていた。不思議《ふしぎ》なピアノがあるのは、きっとあの家だ。

次の日学校に行くと、市岡一樹《いちおかかずき》があたしの席《せき》までやってきた。こいつのことは、みんなイチイチって呼《よ》んでいる。イチイチというのは、市岡《いちおか》の市と、一樹《かずき》の一からきているが、知りたがりで何でも聞くやつで、いちいち説明《せつめい》するのがめんどくさいからでもある。

「ねえねえ、カメさー、聞きたいことがあるんだけど」

「そのカメっての、やめてくれない？　あたしはカメリア、椿《つばき》って意味よ。亀《かめ》じゃない」

「だって、覚《おぼ》えられないんだもの」

イチイチはけろりとしている。

「で、おまえ、絶対音感《ぜったいおんかん》あるんだろ。この音聞こえる？」

イチイチは、ポケットからスマホを出した。

「それって、持ってきちゃいけないもんでしょ」

「今日だけさ。カメに聞かせたいと思って、かあちゃんに借《か》りてきたんだ」

イチイチは、スマホを操作《そうさ》して、音を出した。そのとたん、あたしは手で耳をふさいだ。

「きゃあ、うるさい。やめて」

「だよな。聞こえるよな。うちのかあちゃん聞こえないって言うんだぜ。なんでかな」

それはモスキート音っていうんだ、とあたしは説明《せつめい》してやった。すごく高い音で、大人になると聞こえなくなる。蚊《か》の羽音みたいな感じの音だ。

「子どもはみんな聞こえるよ。それと絶対音感《ぜったいおんかん》とは別《べつ》なの」

あたしはイチイチにいちいち説明《せつめい》してやった。絶対音感《ぜったいおんかん》というのは、音の高さを感じることができるというだけのことで、聞こえる聞こえないとは違《ちが》う話だ。

「おれだってドとレが違《ちが》うぐらいは、わかるぜ」

イチイチがふくれっ面《つら》をしたので、困《こま》ったなと思った。ドとレが違《ちが》うのがわかるのは、比《くら》べてわかるだけで、絶対音感《ぜったいおんかん》というわけじゃない。でもイチイチは、納得《なっとく》できなかったら、何度でもしつこく聞いてくるやつだ。あたしはふと、あの不思議《ふしぎ》なピアノの音のことを思い出した。あれをイチイチに聞かせて、説明《せつめい》したら、わかってくれるんじゃないか。

「今日の放課後《ほうかご》、校門の前で待ってて。ちゃんと説明《せつめい》してあげる」

あたしは放課後《ほうかご》、イチイチといっしょに、あのオレンジ色の家を探《さが》した。ちょっとうろうろしたが、クリーム色の家に囲《かこ》まれたあの家は、割《わり》とすぐ見つかった。

道から駐車場《ちゅうしゃじょう》の奥《おく》をのぞいた。だけど、音は聞こえない。

「ここに来ると、何がわかるんだよお」

イチイチは、ふくれっ面《つら》だ。困《こま》ったなと思って、あの家の玄関《げんかん》を見ると、ドアが手前に大きく開いたままになっている。

「ちょっと、声かけてみようか」

知らない人の家だ。いつもだったらそんなことを考えたりしなかっただろう。だけど、あたしは、なんだか、中に入ってあのピアノを見たい、という気持ちになっていた。

「え？　変《へん》な人にはついて行かないようにって、学校でいつも言われてるだろ」

イチイチはそう言って、一歩下がる。

「ついて行くわけじゃない。声かけるだけよ」

言われたことが正しいとわかっているだけに、あたしは、なんだか意地になった。

「おれ、やだよ、行かねーよ」

イチイチの声を後ろに聞きながら、あたしは、駐車場《ちゅうしゃじょう》を突《つ》っ切って、玄関《げんかん》に向かった。

「ごめんください」

あたしは、頭だけをさし入れて、そう言った。新しい家の匂《にお》いがする。接着《せっちゃく》剤《ざい》と木の香《かお》りの混《ま》じったような。

だれも住んでいない感じだ。玄関《げんかん》には一足の靴《くつ》もない。上がったところにはふかふかの白いスリッパがそろえてある。わきに小さい立て札《ふだ》があった。

――販売中《はんばいちゅう》　ご自由にご覧《らん》ください

なーんだ、と気が抜《ぬ》けた。

新築《しんちく》の家の売り出しだったのだ。ピアノはきっと、部屋の飾《かざ》りなんだろう。小学生は一人で入っちゃいけないのかもしれないが、ピアノを見せてもらえるか、一応《いちおう》、聞いてみよう。

「すみません……」

あたしは、声をかけながら、スリッパに履《は》き替《か》えて上がった。

どこかに、係の人がいるにちがいない。そう思って、こんにちは、と声をかけて、一階をまわってみた。リビング、キッチン、和室、最後《さいご》に洗面所《せんめんじょ》までのぞいてみたが、だれもいなかった。いかにもモデルルームらしいきれいな家具が置《お》いてあるが、ピアノはない。

あたしはおずおずと、二階に通じる階段《かいだん》を上った。もしだれもいなくても、ピアノを見て、八十八鍵《けん》以上《いじょう》あるか、確《たし》かめてみたい。

だが、二階には寝室《しんしつ》が二つあって、ベッドが置《お》いてあるだけで、ピアノはなかった。

あれは空耳だったのだろうか。

一階の廊下《ろうか》まで下りて、玄関《げんかん》に向かおうとしたときだ。

ふっとすねのあたりに風を感じた。

下から吹《ふ》き上げてくる風だ。

（地下室？）

見ると、階段《かいだん》下の扉《とびら》が、少しだけ開いている。

こわいもの見たさというか、あたしはちょっとドキドキしながら、へっぴり腰《ごし》で手をいっぱいに伸《の》ばして、その扉《とびら》を引いた。

風が大きく吹《ふ》き出し、かびくさい臭《にお》いがした。

たしかに、そこには下りの階段《かいだん》があった。コンクリート造《づく》りだ。

階段《かいだん》の先は見えない。

（こんなところにはいないよね、係の人）

と、思ったときだ。

音がした。

ピアノの音だ。下から聞こえる。

あのありえない高いミの音を連打《れんだ》している。次にファになり、それから前は聞こえなかったソになった。

ソまであるのか、とびっくりしたあたしの耳に聞こえてきたのは、さらに上のラの音だ。

いったい何鍵《けん》あるんだ、そのピアノは。

あたしは思わず中に入り、かがんで階段《かいだん》下をのぞきこんだ。

そのときだ。

バタン。

あたしの後ろで扉《とびら》が閉《し》まった。

「イチイチ、いたずらしないで」

あたしは叫《さけ》んだ。こんなことをするのはイチイチのしわざに決まっている。

振《ふ》り返って扉《とびら》を開けようとした。だが、固《かた》く閉《し》まっている。

まさか、イチイチは鍵《かぎ》をかけてしまったのだろうか。

「お願《ねが》い、開けて。イチイチ、開けて」

扉《とびら》をたたいたときだ。

扉《とびら》の外から、うなるような音が聞こえた。
モーターの回転音だ。
ヘリコプターかな、と思ったが、違《ちが》う音だ。もっと軽い。
だんだんその音は高くなる。近づいてくるのだ。
飛行機《ひこうき》の音だ、とあたしは思った。だけどジェット機《き》じゃない。プロペラ機《き》？
それも何機《なんき》も？
ウォーー、ウォーーと犬が吠《ほ》えるようなサイレンが、重なって鳴りはじめた。
甲子園《こうしえん》の野球が始まるときのようだ。いったい何が起きたのだろう。
あたしが、もう一度扉《とびら》をたたこうとした、そのときだ。
ピアノの音が響《ひび》いた。
真ん中から二オクターブ上のファのシャープだ。
あたしははっとした。
これは表の飛行機《ひこうき》がたてている音と同じ音だ。

ファのシャープのピアノの音は、続《つづ》けざまにたたかれている。

音の出所は地下室だ。だれかいる？

だいぶ目が慣《な》れたのか、下の方に薄明《うすあ》かりが見えた。

あたしは、思わず階段《かいだん》を駆《か》け下りた。

だれもいない。

窓《まど》のないコンクリート打ちっ放しの部屋で、まるで倉庫《そうこ》のようだ。

壁《かべ》いっぱいに木製《もくせい》の本棚《ほんだな》があって、きっちりと本が並《なら》んでいる。

反対側《はんたいがわ》にはアップライトピアノがあった。古風な形のピアノで、金色に光るろうそく立てがピアノの前面、左右についていた。ろうそくに火がついている。さっきの薄明《うすあ》かりはこれだったのだ。

あたしはピアノの正面に駆《か》け寄《よ》り、鍵盤《けんばん》を見た。蓋《ふた》は開いている。

ピアノの横幅《よこはば》は、普通《ふつう》のピアノと変《か》わらない。鍵盤《けんばん》の幅《はば》も同じだ。

けれども……。

真ん中の鍵穴《かぎあな》から一オクターブ、二オクターブと数えていくと……四オクターブ、五オクターブ、六オクターブ、七オクターブ、八オクターブ……。

いつまでも続《つづ》く。

なぜ？　鍵盤《けんばん》は増《ふ》えるの？

いや、増《ふ》えてはいない。

なのに、数えるといくらでもある。音は無限《むげん》にあるよ、とでも言いたいの？

このピアノは何？　ファのシャープの音はしているのに、鍵盤《けんばん》は動いていない。

と、思ったとき、あたりがいきなり明るくなった。

目の前に花火のような火花が降《ふ》ってきたのだ。あたしは思わず身を縮《ちぢ》め、髪《かみ》を払《はら》った。

見上げると、地下室の天井《てんじょう》に火がついて燃《も》えはじめている。

（か、火事なの？）

家が燃《も》えている？　煙《けむり》はまたたく間に地下室にいっぱいになって、あたしはせきこんだ。

こんなところにいては蒸《む》し焼《や》きになってしまう。

あたしは、あわてて階段《かいだん》を駆《か》け上がった。

「イチイチ、イチイチ、開けて開けて」

扉《とびら》をたたく。だが、返事はない。イチイチだって火事の家には入ってこられないだろう。

あたしは、腰《こし》を下ろし、両足でけやぶろうとした。だが、扉《とびら》はがんじょうだ。

熱風《ねっぷう》が、地下から吹《ふ》き上げてきた。火が本に移《うつ》って本棚《ほんだな》が燃《も》えはじめている。

なのにピアノはファのシャープの音を出し続《つづ》けていた。

「助けて、助けて。イチイチ、助けて」

あたしは外に向かって叫《さけ》んだ。声がかれるまで、何度も。

ドアが開いた。

明るい光が、目を射《い》た。イチイチの顔が見えた。

「カメ、なんでそんなとこ入ったんだよ」

家は火事でも何でもなかった。モデルルームの営業《えいぎょう》のおねえさんが戻《もど》ってきて、あたしが青くなって廊下《ろうか》にしゃがみこんでいるのにびっくりして、ソファーに座《すわ》らせ、お水をくれた。おねえさんは、お客さんをそこまで送って行っただけだったけど、こんなことになるなんて思わなかったわ、玄関《げんかん》を閉《し》めておけばよかったわね、と言った。

落ち着いてから、こわごわ地下室をのぞいたら、ピアノなんてなかった。コンクリート打ちっ放しですらなく、スピーカーとテレビのあるきれいなオーディオルームだった。換気扇《かんきせん》がなぜか止まっていたそうだから、酸欠《さんけつ》ぎみになったのかもしれなかった。閉《し》まったはずみで扉《とびら》に鍵《かぎ》がかかったらしく、そのままだったらあぶなかった。イチイチは、おれが助けてやったんだぞ、と、どや顔をした。

あとでわかったが、この一角は、元は大きなお屋敷《やしき》でお金持ちが住んでいて、戦争中《せんそうちゅう》、庭に防空壕《ぼうくうごう》が作られていた。その人は音の専門家《せんもんか》で、敵《てき》の飛行機《ひこうき》の音かどうかを絶対音感《ぜったいおんかん》で聞き分ける研究をしていたらしかった。でも空襲《くうしゅう》のとき、庭の防空壕《ぼうくうごう》で焼《や》け死んだのだった。

その敵《てき》の飛行機《ひこうき》の音は、ファのシャープだったのかも、とあたしはふと思った。

消えたランドセル

石井睦美《いしいむつみ》

「あれっ？」

と、ママが言いました。

「なに？」

と、わたしは言いました。

「なにじゃなくて、ユイ、ランドセルはどうしたの？」

「えっ、ランドセル？　ここだよ」

そう言って、わたしが背中《せなか》に手をやると――。

「あれっ？　ない。さっきまでちゃんとあったんだよ。変《へん》だなあ」

「変《へん》だなあじゃないわよ。さっきまでっていつまでなの？」

「うーん」

いつまでだっけ？

「えーと、学校が終わってから、マッキーたちと校庭であそんで、それから帰ってきたから、えーと」

「教室からでるとき、ランドセルはしょってたの？」

「きまってるじゃん、ママ。学校に行くときと帰るときには、ランドセル、しょうにきまってるじゃん」

「じゃあ、どうしていまはランドセル、しょってないのかしら？　ランドセルが勝手に消えちゃったのかしらね？」

いやみたっぷりにママが言いました。わたしは本気でおどろいて、

「えっ、そうなの？　ユイのランドセル、消えちゃったの？」

と、聞きかえしました。そのとたん、ママの怒《いか》りがばくはつしました。

「さっさと、探《さが》しに行ってきなさい！」

「でもママ、おやつは？　ケイドロしたから、おなかペコペコ」

わたしがそう言うと、ママは顔を真っ赤にして玄関《げんかん》を指して、さけんだのです。

「早く行きなさい！　いますぐ！」

「ケイドロするとき、ランドセル、おろして。帰るとき、しょわなかったっけ？

そうだったのかも。でも、変《へん》だなあ。みんなおんなじところにランドセル置《お》いて。みんなでいっしょに帰って。ユイちゃん、ランドセル、しょってないよ、なんて、だれも言わなかったもん」

ぶつぶつとひとりごとを言いながら、帰ってきたばかりの道を、わたしは学校までもどっていきました。もしかしたら、とちゅうにランドセルが落ちているかもしれないと思って、ずっと下を向きながらです。けれど残念《ざんねん》なことに、ランドセルはどこにも落ちていませんでした。

下を向いたまま校門につくと、そこでわたしは顔をあげて、校庭のはしからはしまで見わたしました。校庭にも、オレンジいろのランドセルがあるようには見えませんでした。

「あれ？　ユイちゃん。帰ったんじゃなかった？」

同じクラスのゆりなちゃんに声をかけられました。わたしはそのとき、ゆりなちゃんのランドセルをちらっと見てしまいました。いいなあ、ゆりなちゃん、ランドセル、しょってる。

「帰ったんだよ。一度はね。でも、ランドセルをわすれちゃって」

「えーっ、ランドセル、わすれたの？　でも、教室にはなかった気がするよ」

ゆりなちゃんが、すっごくおどろいた、という顔をして言いました。

「うん。教室じゃないと思うんだ。ケイドロやったとき、水飲み場のよこのところに置《お》いたから。でも、ないみたい……」

わたしがそのあたりに目をやると、ゆりなちゃんもそっちを見ました。

「だれかが、職員室《しょくいんしつ》に持っていってくれたんだよ、きっと。いっしょに職員室《しょくいんしつ》に行ってみる?」

と、ゆりなちゃんは言いました。

ゆりなちゃん、なんて親切なの。さすが学級委員。わたしは、そっとうなずきました。

そして、ゆりなちゃんのあとについて校舎《こうしゃ》にはいり、ゆりなちゃんのあとについて職員室《しょくいんしつ》にもはいりました。ゆりなちゃんはすっと担任《たんにん》の秋山《あきやま》先生のところに行くと、わたしのランドセルがとどけられていないかと、先生に聞いてくれました。

「とどいていないわ。よく探《さが》してみた?」

先生に聞かれて、わたしはうなずきました。

「学校にわすれたのはたしかなの？」

わたしはうなずきます。

「そう。じゃあ、これからとどくかもしれないし、先生も探《さが》してみるわね。見つかったら、松本《まつもと》さんのおうちに連絡《れんらく》してあげる」

「もし、もし見つからなかったらどうしよう」

思わず、わたしがつぶやくと、

「でてくると思うけど、今日じゅうに見つからなかったら、あしたの時間割《じかんわり》を見て、持ってこられるものだけ持ってきてね」

と、先生は言いました。わたしはまたうなずきました。

「ありがとうございました」

ゆりなちゃんが大きな声で言って、

「ありがとうございました」

と、わたしもあわてて言いました。声がかすれて、じぶんの声じゃないみたい。

「だいじょうぶよ、きっと見つかるから。ほら、いつもみたいに元気をだして。それから、ふたりとも気をつけて帰るのよ」

先生はそう言いました。

でも、わたしはいつもみたいに元気にはなれませんでした。ランドセルといっしょに、いつものわたしもどこかに消えてなくなってしまったようでした。ふたりの分かれ道になるまで、ゆりなちゃんは、わたしの背中《せなか》に手をあてて歩いてくれました。ああ、ゆりなちゃんの手がランドセルだったらいいのに。やさしくしてくれるゆりなちゃんには悪いけれど、わたしはそう思わずにはいられませんでした。

もちろん、ゆりなちゃんの手がランドセルになることはなかったし、先生からの連絡《れんらく》もありませんでした。

そのあと、どんなにママにしかられたかは、じぶんがあんまりかわいそうで書けません。

ママはしまいには、わたしをしかったところでランドセルがでてくるわけではないと気づいたのか、えんぴつと消しゴム、それにノートは、あたらしいのをおろしてもいいと言い、ママのペンケースをふでばこがわりに使うように貸《か》してくれました。そして、

「レッスンバッグで行きなさい。見つからなくても、ランドセルは買いませんからね」

と、断固《だんこ》とした調子で言いました。

つぎの日から三日間、わたしはレッスンバッグで登校しました。きっと卒業《そつぎょう》までずっとこのレッスンバッグで登校することになるんだろうと、わたしは思っていました。

けれど、三日目の昼休み、先生によばれて職員室《しょくいんしつ》に行くと、先生の机《つくえ》の上にオレンジいろのランドセルがあったのです。

わたしのランドセル！

「よかったわね」と先生は言ってから、「ねえ松本《まつもと》さん、あの日、学校の帰りに三丁目の空き家に寄《よ》ったの？」とたずねました。

「三丁目の空き家ってどこですか？」

と、わたしは聞きました。

「知らない？　そうよねえ、松本《まつもと》さんのおうちとは反対の方角だものね。でもね、ランドセル、その空き家にあったのをご近所のかたが見つけて、学校までとどけてくださったの。そのかたは、むかしそこに住んでいた家族の親戚《しんせき》のひとでね、ときどきおうちの点検《てんけん》に行くんですって」

「だれかが、わたしのランドセルをそこのおうちに持ってっちゃったってことですか？　この学校の子ですか？」

ランドセルといっしょにいつもの元気なわたしがもどってきたみたいで、わたしは先生にそう聞きました。だれがやったのかわかったら、文句《もんく》を言ってやる、そう思ったくらいだったのです。

「だれがしたかは調べようがないわ。いたずらじゃなくて、まちがえて持っていったことに気づいて、困《こま》ってそこに置《お》いてきてしまったのかもしれないしね。まあ、それもいいことではないけれど……あ、そうそう、なくなっているものとかないか、なかを確認《かくにん》してね」

ランドセルをあけると、教科書もノートもふでばこもぜんぶそっくりそのままはいっていました。わたしがそう言うと、

「じゃあ、持っていっていいわ。これからは置《お》きわすれないようにね」

先生はえがおで言いました。

「はい、ありがとうございました」

あいさつをして職員室《しょくいんしつ》をでると、クラスの女の子たちが全員、職員室《しょくいんしつ》のまえで

待っていました。

「見つかったんだねえ。おめでとう」

ゆりなちゃんがそう言って、みんながいっせいに拍手《はくしゅ》をしました。

「ねえ、どこで見つかったの？」

マッキーが聞きました。

「三丁目の空き家だって」

「えーっ」

りんちゃんがさけびました。

「どうしたの？」

「だって、あそこ、おばけやしきだよ」

「おばけやしき？」

「あ、それ、あたしも聞いた。子どものおばけがでるんでしょ」

「うそー」

「うそじゃないよ。見た子がいるもん」

「だれ?」

「二組の木……」

りんちゃんが言いかけたそのとき、お昼休みの終わりのチャイムがなって、職《しょく》員室《いんしつ》から秋山《あきやま》先生がでてきました。そして、わたしたちにむかってひとさしゆびをピンと立てると、

「三年一組の女子、かたまってろうかでさわいでいないで、教室にもどりなさい」

と、言いました。

「はーい」

女の子たちはそう返事をして、教室にもどっていきます。

「ほんとにおばけやしきなのかなあ?」

ランドセルをかかえながらゆりなちゃんに聞くと、

「ただのうわさよ。うわさ」

と、ゆりなちゃんは言いました。

「そうだよね。ぜったいそうだよね」

「ぜったいそうよ、安心して」

ゆりなちゃんはそう言うと、わたしの肩《かた》をポンとたたきました。ああ、ゆりなちゃんが学級委員でほんとによかった。ゆりなちゃん、好《す》き！　わたしはそう思いました。

五時間目、ランドセルから、ふでばこと国語の教科書とノートをだして机《つくえ》の上に置《お》きました。ふでばこをあけたとき、

「あ」

と、わたしは声をあげてしまいました。

買ったばかりのいちごの消しゴムがなくなっていたのです。いちごとそっくりの形で、消すとあまいいちごのにおいのする消しゴムです。たちまち、子どもの

おばけがでるということばが、わたしの頭のなかによみがえりました。

わたしは頭をふって、ちがうちがう、おばけじゃないもん、きっとだれかが消しゴムだけぬすんで、ランドセルを空き家にすてたんだ、と考え直しました。いちごの消しゴム、大好《だいす》きだったけど、あきらめよう。ランドセルが見つかってよかったんだから、これで元どおりってこと。そうも思いました。そして、消しゴムのことはぜったいだれにも言わないとこころにきめました。変《へん》なうわさをたてられたくありませんでしたから。

ところが、そうかんたんに元どおりというわけにもいきませんでした。わたしのランドセルが三丁目の空き家からでてきたことが、学校じゅうに知れわたってしまったのです。

わざわざわたしを見に来る子もいれば、わたしのランドセルを「お、おばけランドセル。おまえもおばけ？」とか、「おばけランドセルはかるーいですか？おもーいですか？」とか、からかう男子があらわれました。

わたしは徹底的《てっていてき》に無視《むし》しました。ゆりなちゃんも、「ああいう男子はスルーするにかぎる」と言いました。「相手をすればするだけ調子にのるから。きりがないんだよ、男子って。ほんとにばっかじゃないの」とも言いました。

「ゆりなちゃん、もっとじゃんじゃん男子の悪口言って」

と、わたしは言って、それからふたりで、ずっと男子の悪口を言いあいました。ああ、気分いい。からかわれるたびに、わたしはゆりなちゃんと男子の悪口を言いあって、そうしているうちに、わたしとゆりなちゃんは親友になりました。

ひとつきがたったころには、からかう男子もいなくなりました。からかっても、わたしが反応《はんのう》しないからつまらなくなったのだと、わたしは思ったけれど、しばらくして、そうじゃないことがわかりました。

それは、あのあと、またランドセルをなくした子があらわれたからだったのです。五年生の、やっぱり女の子でした。しかも、その子のランドセルのなくなりかたが、わたしのときよりだんぜんすごいのです。そうじの時間がはじまるまえにランドセルがあったことは、何人もの友だちが見ていて、そうじが終わって、友だちと帰ろうとしたときにはランドセルは消えていたそうです。

三年一組の女子のあいだでもこんなことが話されました。

「知ってる？　消えていくところを見た子もいるんだって」

「うっそー」

「ほんと。空気がぐにゅってなって、そのなかにランドセルがすいこまれていったんだって。それでそのとき、女の子の笑《わら》い声が聞こえたんだって」

「それで、その子、友だちといっしょに放課後《ほうかご》、おばけやしきに行ったんでしょ？」

「そう。そしたら、やっぱりあったんだって。それでね、持って帰ってくると、ランドセルのなかのものがひとつ消えてたんだって」

わたしのしんぞうがビクンと大きくはねました。わたしのふでばこからなくなっていたいちごの消しゴム！　でも、わたしはそのことをだれにも言っていないのです。ゆりなちゃんにさえ。

「ねえ、ユイちゃんもなにかなくなってた？」

りんちゃんが聞きました。

「う、ううん。なにもなくなってなかったよ」

と、わたしは答えました。

それからも、うわさはもっともっとひろがりました。ランドセルをなくした子のうわさです。でも、いったいだれのランドセルがなくなったのかは、だれも知らないのです。そしていつのまにか、うわさは消えていきました。

三丁目のおばけやしきが取りこわされたのです。

真《しん》珠《じゅ》色《いろ》の血

光丘真理《みつおかまり》

おばあちゃんが、倒《たお》れて入院した。明日《あした》から春休みという夜だった。救急車《きゅうきゅうしゃ》で、お母さんが看護師《かんごし》として働《はたら》く病院に運ばれた。

病室のベッドの頭の柵《さく》には、『浦《うら》畠子《はだこ》』と手書きの札《ふだ》がつけられていた。そこに眠《ねむ》るおばあちゃんは、頭を包帯《ほうたい》でぐるぐる巻《ま》きにされ、酸素《さんそ》マスクをつけていた。たくさんの管《くだ》やコードも体につけられていた。

「脳内《のうない》出血を起こしてしまったので、流れ出た血液《けつえき》は吸《す》いとりました。しかし、危険《きけん》な状態《じょうたい》ですし、意識《いしき》は戻《もど》らないかもしれません」

あまりに突然《とつぜん》のことに、私《わたし》はショックすぎて何も考えられない。

「おばあちゃん」と呼《よ》びかけるだけだ。

どれだけ呼《よ》びかけても、反応《はんのう》がない。優《やさ》しい顔でひたすら眠《ねむ》っている。二人部屋に一人だけの病室。ただ、心臓《しんぞう》の動きを知らせる機械音《きかいおん》だけが響《ひび》いていた。

仕事を終えてナース服を脱《ぬ》いだお母さんが、病室に入ってきた。

「今朝まであんなに元気だったのに。マナとお花見するんだってはりきっていたのにね」

そう、まだ満開《まんかい》じゃないけど、春休みになったら桜《さくら》を見に行こう、って約束《やくそく》していた。おばあちゃんの得意《とくい》な巻《ま》きずしを持って……。

シングルマザーで忙《いそが》しく働《はたら》くお母さんに代わって、家のことをなんでもしてくれたおばあちゃん。いつも私《わたし》と一緒《いっしょ》にいてくれた。

幼《おさな》い頃《ころ》から、毎晩《まいばん》絵本を読んで添《そ》い寝《ね》してくれて、エレクトーンを演奏《えんそう》して、童謡《どうよう》や讃美歌《さんびか》をたくさん歌って教えてくれた。細くて透《す》き通るような歌声は、ずっと聞いていたいほどすてきだ。あの声が聞きたい。

学校でいやなことがあると、「何かあったのかな?」とふっくらした頰《ほお》を上げてほほえんでくれる。私《わたし》の「ただいま」の声で、何かがあった時はぴんときちゃう、と言っていた。あの笑顔《えがお》が見たい。

悲しい時、寂《さび》しい時、おばあちゃんの胸《むね》に顔を押《お》しつけると、ふくふくして温かい。優《やさ》しい花の匂《にお》いがしてきて、いつの間にか、心まで温《ぬく》もってくる。胸《むね》に顔をうずめたい、あの匂《にお》いをかぎたい。

「意識《いしき》がなくても、耳は聞こえているらしいから、呼《よ》びかけてあげようね」

お母さんが教えてくれた。

「おばあちゃん、桜《さくら》を見に行こうよ。だから、目を覚《さ》まして。また笑《わら》って、また歌って」

それから毎日、おばあちゃんに話しかけた。

家に帰ってもおばあちゃんはいない。でも、病院にいれば、おばあちゃんのそばにいられるし、お母さんの仕事が終われば、一緒《いっしょ》に家に帰れる。ちょうど春休みだったので、昼食は売店でお弁当《べんとう》や飲み物を買って食べた。おばあちゃんの寝顔《ねがお》をのぞきこんだりしながら、話しかけたり、花の水を替《か》えたり、勉強したり、漫画《まんが》を読んだりして過《す》ごした。

おばあちゃんが入院してから五日が過《す》ぎた時、隣《となり》のベッドに岡田《おかだ》ハルさんという人が入院してきた。おばあちゃんと同じくらいの年齢《ねんれい》に見える。病状《びょうじょう》も同じ脳《のう》内《ない》出血で意識《いしき》がなく、やはり眠《ねむ》ったままだった。

毎晩《まいばん》、息子《むすこ》のヒトシさんが仕事の帰りにお見舞《みま》いに来る。ハルさんは、おばあちゃんのように花が好《す》きだそうで、「せめて香《かお》りだけでも」と、ヒトシさんがよく花を買ってきた。昨日《きのう》の日曜日には、家の庭の桜《さくら》だと言って、つぼみをいっぱいつけた枝《えだ》を持ってきた。

　二つのベッドの間の洗面台《せんめんだい》にかざると、ぱあーっと部屋が明るくなったように感じた。

「おばあちゃん、ハルさん、桜《さくら》が咲《さ》きだしそうだよ。かわいいねえ」

　私《わたし》は、おばあちゃんだけでなく、ハルさんにも毎日話しかけていた。ただ、二人とも、こんこんと眠《ねむ》っているだけだったけど。

　ハルさんが入院して、十日が過《す》ぎた頃《ころ》。ハルさんの娘《むすめ》だという方が、お見舞《みま》いに来た。

「ハルさんの子どもは、ヒトシさんしかいないと思っていました」

　私《わたし》が言うと、その人は、小さな顔でほほえんだ。桜《さくら》の花のようなうすピンク色の肌《はだ》をした美しい人だ。

「ヒトシは、私《わたし》の弟なんです。私《わたし》の名前はコハルよ。よろしくね、マナちゃん」

　私《わたし》の名前を知っているのでちょっと驚《おどろ》いたが、ヒトシさんから聞いていたにちがいない。

「いつも、母にまで話しかけてくれて、ありがとうね」

これもヒトシさんから聞いたのだろうか？

「マナちゃん、母とおばあちゃまは、二人とも大丈夫《だいじょうぶ》よ」

コハルさんは、そう言って私《わたし》の手を握《にぎ》ってくれた。

コハルさんの手はほっそりとしているけれども温かくてやわらかい。温《ぬく》もりと一緒《いっしょ》に、本当に大丈夫《だいじょうぶ》だ、という想《おも》いが伝《つた》わってくるようだ。

コハルさんが帰ると、甘《あま》い匂《にお》いがして、見回すと、桜《さくら》が満開《まんかい》になっていた。

「わあ、おばあちゃん、ハルさん、桜《さくら》がほら、きれいだよ！」

二人に話した後、おばあちゃんのベッドの横にこしかけた。

「お花見だよ、おばあちゃん」

私《わたし》がそう呼《よ》びかけた、その時。おばあちゃんの目が、ぱちっと開いた。

あの穏《おだ》やかな目で、こちらを見ている。

「おばあちゃん」

毛布《もうふ》から手を出したかと思うと、さっと酸素《さんそ》マスクをはずした。

「あっ」と思ったとたん、おばあちゃんがにっこり笑《わら》って、口を開いた。

「マナちゃん、大丈夫《だいじょうぶ》よ。きっとまた会えるから。それまでは、引き出しに
……」

「引き出し？」

聞きかえしたら、もう一度ぷっくりと頰《ほお》を上げて笑《わら》って、すーっと目を閉《と》じた。

「おばあちゃん！」

顔はほほえんだままだが、それっきり、また眠《ねむ》ってしまった。

その晩《ばん》、ヒトシさんが来たので、お姉さんのコハルさんがいらしたことを告《つ》げた。

「本当に、『コハル』って、言っていたの⁉」

ヒトシさんが、あせったように聞いてくるので戸惑《とまど》った。

「はい、確《たし》かに。だけど、ヒトシさんより若《わか》く見えたけど……。妹さんですか?」

「いや、コハルは、ぼくの姉だけど……」

目が泳いでいる。何があったんだろう?

「マナちゃん、驚《おどろ》かないで聞いて」

真剣《しんけん》な顔で、ヒトシさんが、私《わたし》の目を見た。

「は、はい」

緊張《きんちょう》して、つばを飲みこんだ。

「姉、コハルは、ぼくが高校生の時、交通事故《じこ》で死んだんだ」

「え?　えええええ!」

十年も前に、すでに他界されているというのだ。

そんなわけがない。握手《あくしゅ》した手の温《ぬく》もりだってちゃんと感じて、声だってはっきり聞いたし。足だって、ちゃんとあったよ！

色白で、きゃしゃな感じなどコハルさんの特徴《とくちょう》を言うと、その通りだと返ってきた。

「じゃあ……。あの人は、ゆ、ゆうれい？」

ヒトシさんとしばらく顔を見合わせたまま、後の言葉が出なかった。

……。

翌日《よくじつ》、桜《さくら》の花の水を替《か》えた花瓶《かびん》を抱《かか》えて病室に戻《もど》ってくると、ハルさんの横に「コハルさん！」

花瓶《かびん》を落としそうになった。

「マナちゃん、こっちへいらっしゃい」

立ちあがったコハルさんは、ドアの前に行くと手招《てまね》きをした。

一瞬《いっしゅん》、足がすくんだ。でも、コハルさんの笑顔《えがお》は、温かくてちっともこわくない。むしろ、優《やさ》しく包《つつ》みこんでくれそうに感じる。

おばあちゃんも、ハルさんも、静《しず》かに眠《ねむ》っている。

私《わたし》は、花瓶《かびん》を洗面台《せんめんだい》に置《お》くと、コハルさんの後について病室を出た。

コハルさんは中庭に出ていく。後を追いかける。花壇《かだん》のまん中の細道を歩いていく。この先には、十字架《じゅうじか》をつけたとんがり屋根の建物《たてもの》。道しるべの板には『チャペル』と書いてある。キリスト教系《けい》の病院なので、日曜日には鐘《かね》が鳴り、礼拝《れいはい》がある。私《わたし》もおばあちゃんについてよく教会に行っていたから知っている。チャペルの中では、神さまにお祈《いの》りしたり、讃美歌《さんびか》を歌ったりするんだ。

おばあちゃんやハルさんのこと、元気になるようにお祈《いの》りしに行こうというの？

ギギギイィ。木の扉《とびら》を開けて、コハルさんが入っていくので、急いで後に続《つづ》いた。

木の長椅子《ながいす》が並《なら》べられていて、まん中のじゅうたんの通路の先には祭壇《さいだん》があり、はりつけにされたキリストが彫《ほ》られた木の十字架《じゅうじか》がかけられている。その上には、ハトの絵のステンドグラスの天窓《てんまど》があり、やわらかい光が差《さ》しこんでいた。

コハルさんは、じゅうたんをどんどん進んでいく。祭壇《さいだん》に上がると、こちらを向いた。

「マナちゃん、いらっしゃい」

優《やさ》しい目のままだ。

言われるまま、祭壇《さいだん》に近づいた。

「そこで、でんぐり返しして」

「え？　でんぐり返し？」

「そう、必要《ひつよう》なのよ、ここに上がるには」

「でも……」

ためらった時、コハルさんは、ほほえんだまま、私《わたし》をじっと見つめた。

目が、緑色だ！　透《す》き通ったエメラルド色の湖みたいだ。

言われた通りにしよう。そう思った。

じゅうたんの上で、私《わたし》は前転をした。体が軽い。こんなにくるっと体操選手《たいそうせんしゅ》みたいに回れたことなんて初《はじ》めてだ。

私《わたし》は、すくっと立ちあがった。

コハルさんは、祭壇《さいだん》の奥《おく》に回った。そして、大きなたらいのようなものの中に大きな花瓶《かびん》、いや、つぼ？　のようなものを入れて抱《かか》えてきた。

「中をのぞいてみて」

私《わたし》がのぞくと、中には、真っ赤な液体《えきたい》が入っていた。

「これは、ウラハダコさんの血液《けつえき》」

ぎょっとした。おばあちゃんの血⁉

コハルさんは、そのつぼを持ちあげて、たらいに注ぎだした。

「え？」

注がれた赤い液体《えきたい》が、たらいに落ちるとみるみる白くなっていく。

たらいの中で、白い液体《えきたい》はぐるぐると回り、つややかな光を放ちだした。

「真珠《しんじゅ》みたい」

私《わたし》がつぶやくと、注ぎ終えたコハルさんは、顔を上げ、私《わたし》を見つめた。あの美しい湖のような瞳《ひとみ》で。

「ねえ、きれいでしょう。だから、大丈夫《だいじょうぶ》。ウラハダコさんは、天国に行けるのよ」

どういう意味だろう？　血が真珠色《しんじゅいろ》になると、天国に行けるということ？

「そうよ」

私《わたし》の心の中の声が聞こえたのか、コハルさんはうなずいた。

「天国へ行けない人の血は、注ぐと黒くにごってしまうの」

そう言うと、祭壇《さいだん》の奥《おく》から、もう一つのつぼを持ってきた。

「さあ、マナちゃん、祭壇《さいだん》の下におりて、もう一度、でんぐり返しをしてみて」

不思議《ふしぎ》に思いながらも気がつくと、言われるままにでんぐり返しをしていた。

やはり、とても軽《かろ》やかに回れた。

「こちらは、母、オカダハルの血液《けつえき》」

同じようにたらいに注いだ。すでにおばあちゃんのものだと言われた真珠色《しんじゅいろ》の液体《えきたい》が入っていたが、真っ赤な液体《えきたい》は、落ちるとすぐに白く変《か》わり、やはり輝《かがや》く真珠色《しんじゅいろ》に同化した。

「ね、これで、二人とも天国に行けることがわかったでしょう」

コハルさんがそう言い終わった時、鐘《かね》が鳴り始めた。日曜日に響《ひび》く、教会の鐘《かね》だ。

背中《せなか》に風を感じて、ふりむいた。

「おばあちゃん！」

真っ白な服を着たおばあちゃんが、椅子《いす》に座《すわ》っている！

私《わたし》は、抱《だ》きついた。

あったかい。ふくふくしたおばあちゃんの胸《むね》だ。私《わたし》は、目を閉《と》じて顔をうずめた。

優《やさ》しい花の匂《にお》い。おばあちゃんの匂《にお》いだ。


「マナ、マナ、風邪《かぜ》ひいちゃうよ」

ゆり動かされて目を開けた。

仕事を終えたお母さんが、立っていた。

「あれ？　チャペルじゃない」

いつの間にか、病室に戻《もど》っていた。

「寝《ね》ぼけたの？　うたたねしていたのよ」

私《わたし》は、おばあちゃんの寝《ね》ているベッドに顔をうずめていたのだ。じゃあ、夢《ゆめ》だったの？

血液《けつえき》が、真珠色《しんじゅいろ》に染《そ》まるという、すごく不思議《ふしぎ》な夢《ゆめ》を見ていたというわけ？

おばあちゃんは、優《やさ》しい顔のまま眠《ねむ》っている。ハルさんのほうをのぞくと、同じように眠《ねむ》っている。

「平日なのに、どうして鳴らすのかな?」

チャペルの鐘《かね》の音が、いつまでも鳴り響《ひび》いていた。

翌朝《よくあさ》、おばあちゃんが静《しず》かに息を引きとった。十五分後、追いかけるように、ハルさんも亡《な》くなった。

悲しむ間もなく、お葬式《そうしき》の準備《じゅんび》が始まり、家に帰ってきても落ち着かなかった。

「浦《うら》さんは、ハタコじゃなくハダコと読むんですよね」

葬儀屋《そうぎや》さんが、おばあちゃんの名前をローマ字で紙に書いた。

『URA　HADAKO』

それを見て、私《わたし》は、思わず「ああー!」と声を上げた。

ローマ字を逆《さか》さまに読むと……。

『OKADA　HARU』

急に、「でんぐり返しをして」と言ったコハルさんを思い出した。

お葬式《そうしき》は、病院のチャペルでとり行われた。

初《はじ》めて入るチャペルの中は、夢《ゆめ》とそっくりそのまま、祭壇《さいだん》の上には天窓《てんまど》があり、ハトのステンドグラスがはめこまれていた。

私《わたし》は、あの時、真っ白な服を着て座《すわ》っていたおばあちゃんの席《せき》についた。

胸《むね》には、桜《さくら》の花びら型《がた》になった真珠《しんじゅ》のブローチが輝《かがや》いている。おばあちゃんが、私《わたし》の誕生日《たんじょうび》に渡《わた》そうと用意して、引き出しにしまっておいたものだ。

今日、四月七日は、私《わたし》の誕生日《たんじょうび》だ。

チャペルの鐘《かね》が、鳴り響《ひび》いている。空のずっと上に向かって。

天国からのメッセージ

加藤純子《かとうじゅんこ》

ママ。
わたし、いま、どこにいるの？
消毒《しょうどく》のような、このにおい。
病院かな。
わたしの体、チューブみたいなものにつながれている。
ねえ、ママ。

わたしには見えるんだよ。だって、わたし、いま天井《てんじょう》からベッドの自分をながめているんだから。

わたし、死ぬのかな？

もう学校にも行けないのかな？

なんでわたしは、目をあけないの？

なんでママは、そばで泣《な》いているの？

ときどき先生が入ってきて、強い声で看護師《かんごし》さんに、何か命令《めいれい》しているみたいだけど、それって何？


ママ。

わたし、ここだよ。ここにいるよ。泣《な》いてないで、天井《てんじょう》を見上げて。

ほら、わたし、ここで手をふっているんだから。

塾《じゅく》からの帰り道。友だちの優花《ゆうか》ちゃんに、そっけない態度《たいど》をとられたことが気になって、わたしはそのことにばかり気をとられて歩いていた。塾《じゅく》を出たらママの携帯《けいたい》に電話するっていういつもの約束《やくそく》も、すっかり忘《わす》れてしまったくらい。

青信号《あおしんごう》を渡《わた》っていたわたしに、とつぜん車が突進《とっしん》してきた。ブレーキを踏《ふ》む、悲鳴のような音を出しながら。

その瞬間《しゅんかん》、わたしの体は紙飛行機《かみひこうき》のように飛《と》ばされた。

自転車がぎゅっと潰《つぶ》されるような音。自分の体が、アスファルトの地面にたたきつけられる音。

あたりの景色《けしき》がぐにゃっとゆがんで、歩道の明かりが、虹色《にじいろ》に光っていた。

頭から生ぬるい液体《えきたい》が流れてきて、それが背中《せなか》をつたって地面にあふれ出している。

地面に寝《ね》ている自分の体がやけにつめたい。生ぬるかった液体《えきたい》はすぐにひえて、スカートにしみこんでくる。

寒い。すごく寒い。それに体じゅうが痛《いた》い……。頭もぼーっとする。

頭の上で、知らない人の声がした。目をあけるのもおっくうだ。わたしは小さくうなずいた。

「大丈夫《だいじょうぶ》か！」

「いま、救急車《きゅうきゅうしゃ》を呼《よ》ぶからな。しっかりするんだぞ」

その声を最後《さいご》に、わたしの意識《いしき》は遠のいた。

気がついたら、わたしの中の、もう一人のわたしが、自分の体からひっぱり出されるようにぬけ出していた。まるでだれかの手が、わたしの体をポケットから、つまみ出すように。

ひっぱり出されたわたしは、天井《てんじょう》にいた。そこで、ベッドで寝《ね》ている自分を見ていた。ここにいるわたしは、痛《いた》くもかゆくもなく、ただふわふわしているだけだ。

そして寝《ね》ている自分を、まるでひとごとみたいにながめている。

ベッドのふちに座《すわ》って、わたしの体を、ゆすりながら泣《な》いているママに、わたしは必死《ひっし》に呼《よ》びかけた。


ママ。

ねえ、ママ。

わたし、ここだよ。


ママは、わたしのどんな呼《よ》びかけにも返事をしない。ただベッドにすがって泣《な》いているだけだ。そばでパパは青白い顔で立ちすくんでいる。

病室の白いカーテンが、風にゆれた。とつぜん、わたしの体がその風に吸《す》いこまれた。そしてするりと窓《まど》から外に飛《と》び出した。

それは車にはねられた瞬間《しゅんかん》、紙飛行機《かみひこうき》のように空を飛《と》んだ、あの感覚《かんかく》に似《に》ていた。

わたし、飛《と》べるんだ。

体って、こんなに軽いんだ。

ふわふわと空をさまよっていたら、明るい光が見えてきた。

なつかしい声が聞こえる。

「志野《しの》ちゃ〜ん」

あ、あれは！

「おばあちゃん！」

おばあちゃんの存在《そんざい》は真っ黒な闇《やみ》の中でもすぐにわかった。おばあちゃんがわたしに見えるように、金色の光を体じゅうから出して合図を送ってくれていたから。

死んだはずのおばあちゃんが、元気だったころの姿《すがた》で、そこに立っていた。

「志野《しの》ちゃん、こんなところに来ちゃだめよ」

おばあちゃんは、生きていたころのような、おっとりとした口調でそう言う

と、わたしの手を握《にぎ》りしめた。綿菓子《わたがし》のようにとけてしまいそうな手だった。

去年、おばあちゃんは脳溢血《のういっけつ》で死んだ。

「もっと長生きしてほしかったのに」

あの日ママは、おばあちゃんのほっぺをさわって泣《な》いた。

でも死んじゃったおばあちゃんが、なんでここにいるの？

わたしは、ものすごく不安《ふあん》そうな顔をしていたらしい。

「志野《しの》ちゃん、そんな顔しちゃだめ。あなたは自分がなぜここにいるのか、わかっていないのね」

「おばあちゃん、わたし、どうしてここにいるの？　ここはどこ？」

「天国よ」

「天国？　じゃあ、わたし、もう死んじゃったの？」

いつもはやさしく、のんびりしていたおばあちゃんがキリッとした目でわたしを見た。そして静《しず》かに首を横にふった。

「生きるか死ぬかの、はざまで、いま志野《しの》ちゃんはたたかっているの。だから死んじゃだめ」

漆黒《しっこく》の闇《やみ》があたりをつつんでいる。でもおばあちゃんのまわりだけは、さっきからぼーっと金色の光を放っていた。

「志野《しの》ちゃんの体は病院のベッドで寝《ね》ていて、心だけがここにやってきているの」

「心だけが？」

「そう。幽体離脱《ゆうたいりだつ》っていうのよ。おばあちゃんも若《わか》かったころ、同じ状態《じょうたい》になったことがあるの」

おばあちゃんの若《わか》いころ？

「志野《しの》ちゃんのママが、三歳《さい》くらいのときよ」

ママが三歳《さい》くらいのとき。

聞きながらわたしは、若《わか》いころのおばあちゃんの姿《すがた》と、三歳《さい》のころのママの姿《すがた》を想像《そうぞう》してみた。でも若《わか》いころのおばあちゃんも、三歳《さい》のママも、わたしにはどうやっても思い浮《う》かべることができなかった。

おばあちゃんの話では、若《わか》かったころ貧血《ひんけつ》でなんども倒《たお》れて、ある朝、救急《きゅうきゅう》車《しゃ》で病院に運ばれたんだって。そしてそのまま意識不明《いしきふめい》になって……。

「忙《いそが》しすぎて、食事をちゃんととれなかったせいで、鉄分が不足《ふそく》して、ひどい貧《ひん》血状態《けつじょうたい》だったみたい。もうちょっとで死ぬところだったの」

おばあちゃんの声、なつかしいな。あったかいな。そう思ったしゅんかん、おばあちゃんの姿《すがた》が霧《きり》につつまれたように薄《うす》くなったり濃《こ》くなったり。金色の光も消えそうなロウソクのようにゆらゆらゆれた。

「あんな小さい子どもを残《のこ》して、入院することになってしまったのもすごく悲しかったけれど、天井《てんじょう》から、ベッドで横になっている自分の姿《すがた》を見たときもすごく気持ちが動転したわ。だって、このまま死んじゃうのかもしれないって思ったから。お医者さんや、看護師《かんごし》さんたちが注射《ちゅうしゃ》をしたり、おばあちゃんに声をかけたり、すごくあわてている様子が見えたの。こんなことしてる場合じゃない。何が何でも、あの体の中にもどらなくちゃ。菜々《なな》をもう一度この腕《うで》で抱《だ》きしめなくちゃと」

菜々《なな》っていうのは、ママの名前。

おばあちゃんは目にいっぱい涙《なみだ》を浮《う》かべると、わたしの手を握《にぎ》りしめた。

「あのとき、自分の体の中にもどれたから、おばあちゃん、こうして菜々《なな》の子どもの志野《しの》ちゃんに会えたの」

おばあちゃんが、やさしくわたしを抱《だ》きしめた。抱《だ》きしめられているのに、わたしには生暖《なまあたた》かい空気が体にまとわりついているようにしか感じられなかった。

「あのまま死んじゃったら、おばあちゃんは、大人になった菜々《なな》にも、菜々《なな》から生まれてきた志野《しの》ちゃんにも、会えずじまいだったのよ。こんなかわいい孫《まご》の志《し》野《の》ちゃんにも……」

おばあちゃんが、涙《なみだ》をぬぐった。いつも余計《よけい》なことは言わず、もの静《しず》かでやさしい印象《いんしょう》しかなかったおばあちゃんが違《ちが》う人のように見えた。おばあちゃんの口調からは、強さのようなものさえ感じられた。

「志野《しの》ちゃんが生まれた日、おばあちゃんは、志野《しの》ちゃんを守る人になろうって決めたの。だって志野《しの》ちゃんは、おばあちゃんが年とってから、やっと生まれてきてくれた孫《まご》だったたんだから」

わたしを守る人……。おばあちゃんのまなざしを見ながら、ちょっと泣《な》きそうになった。生きているときおばあちゃんは、わたしをとってもかわいがってくれた。でも、そんな強い気持ちでわたしのことを思ってくれていたなんて……。

わたしは、こんなにたくさんの人たちに愛《あい》されて生きてきたんだ。

何やってるんだろう、わたし。こんなところにいる場合じゃないよ。このまま死にたくない！

そう思ったとたん、さっきまで塾《じゅく》で一緒《いっしょ》だった優花《ゆうか》ちゃんの顔が浮《う》かんだ。優花《ゆうか》ちゃん、いま何をしているんだろう。優花《ゆうか》ちゃんは、わたしのことをどう思っているんだろう。

理由もわからないまま優花《ゆうか》ちゃんは、一人で塾《じゅく》の教室を出ていった。いつも途《と》中《ちゅう》まで、一緒《いっしょ》に帰るのに。

優花《ゆうか》ちゃん、何しているかな。

優花《ゆうか》ちゃんのことを考えている間に、おばあちゃんの姿《すがた》はどんどん薄《うす》くなっていって、ほとんど消えかかっていた。

「おばあちゃん」

返事もない。

「おばあちゃん、わたし、おばあちゃんのこと、忘《わす》れないから。ずっとずっと、忘《わす》れないからね！」

無限《むげん》とも思えた深い暗闇《くらやみ》があっという間にひらけ、気がついたらわたしは、優《ゆう》花《か》ちゃんの家のベランダに立っていた。優花《ゆうか》ちゃんがいたのはリビングではなくて薄暗《うすぐら》いベッドルームだった。ベッドの横にペタンと座《すわ》って中をのぞきこんでいる。寝《ね》ているのはどうやら優花《ゆうか》ちゃんのお母さんみたいだ。

「優花《ゆうか》、ママは大丈夫《だいじょうぶ》。さっきおばあちゃんが持ってきてくれたお夕食、テーブルに置《お》いてあるから食べてしまいなさい。パパももうじき帰ってくるし、心配ないから」

お母さんが、白い手を優花《ゆうか》ちゃんの頭にのせた。優花《ゆうか》ちゃんは小さい子みたいに、いやいやと頭をふった。そしてまたベッドをのぞきこんだ。

「明日《あした》になれば、元気になるから」

優花《ゆうか》ちゃんのお母さん、病気だったんだ。そのことが気になって、優花《ゆうか》ちゃん、早く家に帰りたかったんだ。

「今日も、志野《しの》ちゃんと一緒《いっしょ》に帰ってきたの？」

優花《ゆうか》ちゃんが、また頭を横にふった。

「一人で、さっさと帰ってきてしまったのね。志野《しの》ちゃん、気にしてるわよ。明日《あした》、あやまりなさいね」

「ママったら、わたしの気持ち、ぜんぜんわかってないんだから！」

「わかってるわよ。優花《ゆうか》がとっても心配してくれていたこと。だから塾《じゅく》から飛《と》ぶように帰ってきてくれたことも」

優花《ゆうか》ちゃんはすねるように、気むずかしい顔をした。でもお母さんの言葉にちょっと元気をもらったみたいだった。そしてリビングに行った。真っ暗だったリビングに明かりがついた。

わたしがこんなふうにベランダからのぞいているのを知ったら、優花《ゆうか》ちゃん、きっと気を悪くするだろうな。わたしはベランダを離《はな》れるかどうか迷《まよ》った。でもやっぱり気になる。

優花《ゆうか》ちゃん、一人で大丈夫《だいじょうぶ》かな。

そっと、窓《まど》ガラスをノックしてみた。気づかないみたい。もう一度ノックしてみた。やっぱり気づいてくれない。

一人でお夕食を食べ始めた優花《ゆうか》ちゃんがテレビをつけた。そのとたん、にぎやかな音がリビングにあふれた。優花《ゆうか》ちゃんがテレビを見ながら少しだけ笑《わら》った。優花《ゆうか》ちゃんが笑《わら》った。さっきからずっと胸《むね》の奥《おく》に重たくはりついていた沈《しず》んだ気持ちが、するりと、まるでリボンがほどけるようにとけていった。

優花《ゆうか》ちゃんが、お母さんの病気を心配して何も言わずに早く帰ったなんて、こうしてベランダからのぞかなかったら知らなかったことだ。

おばあちゃんの気持ちだってそう。やさしかったおばあちゃんが、あんな強い思いでわたしを守ろうとしてくれていたなんて。

人間ってふしぎだ。それぞれの人がかかえている心の奥底《おくそこ》を知ったとき、その人のことをもっと好《す》きになるなんて！　これはおばあちゃんがくれた、天国からのメッセージだったのかもしれない。

暗闇《くらやみ》に星が見える。星くずが空一面に宝石《ほうせき》のように散《ち》らばっている。遠くには街《まち》も見える。金色の明かりが近づいてきた。

まぶしい。思わずまぶたをぎゅっとつむった。その反動でわたしの目があいた。まぶしかったのは、お医者さんがわたしの目にライトをあてていたから。

「あ、志野《しの》！」

ママの声が耳に飛《と》びこんできた。パパもにゅっと顔をのぞかせた。

「気がついたのね。ほんとうによかった！」

ママがわたしの顔に両手をあてた。

「もう、大丈夫《だいじょうぶ》です」

白衣《はくい》を着たお医者さんが、そう言った。

その瞬間《しゅんかん》、わたしは気持ちと体が一つに重なり合っていくのを感じた。

白い病室は、消毒液《しょうどくえき》のにおいがした。

空洞《くうどう》のような目

工藤純子《くどうじゅんこ》

「あれ、葉月《はづき》は中学受験《じゅけん》しないの？」

五年生の始業式の日、悠里《ゆうり》にいきなり言われた。

「受験《じゅけん》？」

今までそんな話題は出たことがなかったから、あたしは何のことか、すぐにはわからなかった。

「悠里《ゆうり》は、受験《じゅけん》するの？」

「当たり前じゃない。みんなするよ。だから、塾《じゅく》にも通ってるし」

えっ、と言葉につまった。

みんなって誰《だれ》？　塾《じゅく》に通っているなんて、誰《だれ》からも聞いてない。

すると、悠里《ゆうり》は「沙耶《さや》に、春奈《はるな》に、亜紀《あき》ちゃんに……」と、指折《ゆびお》り数えはじめた。あたしは深呼吸《しんこきゅう》をして、平静《へいせい》を装《よそお》った。

「塾《じゅく》って、どこに通ってるの？」

「駅前の精鋭《せいえい》ゼミだよ」

「ふ～ん……」

聞いても、どこにそんな塾《じゅく》があるのか知らなかった。

「塾《じゅく》のスタートって、二月からなんだよね。もう手遅《ておく》れかもしれないけど、葉月《はづき》も申し込《こ》んだら？　いっしょに受験《じゅけん》しようよ！」

悠里《ゆうり》は、「おそろいのペンケースを買おう！」というようなノリで誘《さそ》ってきた。

これが逆《ぎゃく》だったら、「裏切者《うらぎりもの》！」とか言って、大騒《おおさわ》ぎするくせに。そんなふうにごまかそうとする悠里《ゆうり》は、ひどすぎる。

「あたしは、いいから」と、きっぱり言えたらどんなにスッキリするだろう。でも、悠里《ゆうり》だけならまだしも、身近な子が多く受験《じゅけん》すると聞いて、心の中に広がる焦《あせ》りを無視《むし》できなかった。

「……考えてみる」

そう、答えていた。


家に帰って、お父さんとお母さんに、受験《じゅけん》と塾《じゅく》のことを話してみた。すると、待ち構《かま》えていたかのように、身を乗り出してくる。

「いいじゃない。塾《じゅく》に行ってみたら?」

「ああ。中学の選択肢《せんたくし》だって、多いほうがいいからな」

あたしは、あっけにとられた。日頃《ひごろ》、「葉月《はづき》の好《す》きなようにしなさい」が口ぐせの両親は、子どもの意志《いし》を尊重《そんちょう》するのがモットーだ。だから口に出さなかっただけで、心の中では、受験《じゅけん》してほしいと思っていたのかもしれない。

のんきだったのは、あたしだけ？

もしかしたら、世の中の流れって、そういうものなのかな……。

そんな気さえしてくる。

「じゃあ、近くの塾《じゅく》、調べてみるね。よさそうなところにしましょう」

そう言ったお母さんは、次の日には、資料《しりょう》をそろえていた。その中には、悠里《ゆうり》の通っているという精鋭《せいえい》ゼミもある。

どのパンフレットにも似《に》たようなことが書かれていて、まともに読む気にはなれなかった。

少人数制《しょうにんずうせい》、独自《どくじ》のカリキュラム、圧倒的《あっとうてき》な合格実績《ごうかくじっせき》。

どこでもいい。でも、クラスの友だちが、誰《だれ》も行ってなさそうなところがよかった。

「ここにする」

適当《てきとう》に決めた塾《じゅく》は、地元の駅から電車に乗って三つ目で、全国展開《てんかい》している有名進学塾《しんがくじゅく》だ。

「もっと近くでも、いいんじゃないの？」

お母さんにそう言われたけど、「ここがいい」と言い張《は》った。

そこなら、行きたくなくなったとき「遠いから」という言い訳《わけ》をして、やめられると思った。

悠里《ゆうり》の言ったとおり、塾《じゅく》のスタートは二月からのようで、あたしが通いはじめた五月には、授業《じゅぎょう》もかなり進んでいた。すでに出遅《でおく》れていて、さらに焦《あせ》ってしまう。

でも、居心地《いごこち》は悪くなかった。三つ駅が離《はな》れているせいか、知っている子はいなくて、違《ちが》う学校の子たちとの交流は、新鮮《しんせん》で楽しい。塾《じゅく》の先生に隠《かく》れてお菓子《かし》を交換《こうかん》したり、塾帰《じゅくがえ》りにコンビニによっておしゃべりしたりするのも、すべてが目新しかった。

「佐々《ささ》ゴンって、最悪《さいあく》だよね〜」

「本当だよ。今日もヒステリー起こして、ボールペン投げてさ」

「でも、結局《けっきょく》自分で取りに行くんだから、笑《わら》っちゃう」

先生のうわさ話をしながら、笑《わら》いあう。

週に二回、二時間半だけ会う子たちとの距離感《きょりかん》は、毎日五時間以上過《いじょうす》ごす小学校の友だちと比《くら》べて、気楽で居心地《いごこち》がよかった。

「はい、今日は、漢字テストで、連続満点《れんぞくまんてん》だった人を表彰《ひょうしょう》する。しかし、できて当たり前の問題ばかりだ。できなかったものは、やる気がないとみなすぞ」

相変《あいか》わらず偉《えら》そうで、イヤミなことを言うのは、佐々《さ さ》ゴンだ。国語担当《たんとう》の佐々《さ さ》木《き》先生は、ときどき怪獣《かいじゅう》のようにほえるから、佐々《さ さ》ゴンってあだ名で呼《よ》ばれている。

小学校だったら、ＰＴＡからクレームがきそうなことも、塾《じゅく》の先生は平気で言ったりやったりする。塾《じゅく》に入ってわかったことだけど、この辺《あた》りは中学受験《じゅけん》の希《き》望者《ぼうしゃ》が多いようだ。だから、やめたければやめてもいいというような、強気な姿《し》勢《せい》でいられるのだろう。

「じゃあ、名前を呼《よ》ばれたものは、前に出てきなさい。朝倉葉月《あさくらはづき》」

「は、はいっ」

突然《とつぜん》、名前を呼《よ》ばれて、はじかれたように立ち上がった。二回はたしかに満点《まんてん》だったけど、今回も……。驚《おどろ》くと同時に、ホッとした。

言われたとおり、机《つくえ》と机《つくえ》の間をぬって、前に出ていく。佐々《さ さ》ゴンが、「よくがんばったな」と、重々しく賞状《しょうじょう》を差《さ》し出した。

「ありがとうご……」

受け取って、「あれ？」と思った。

「どうした。何かあったのか？」

佐々《さ さ》ゴンが、眉間《みけん》にしわを寄《よ》せた。

「あの……字が、間違《まちが》っています」

「は？　名前が違《ちが》ってるのか？」

「そうじゃなくて。この、『ひょうしょうじょう』という字。ひょうしょうのしようが、違《ちが》います」

指で、漢字を書いてみせる。そこには、『表賞状』と印字《いんじ》されていた。四年生のとき、夏休みの感想文でもらった賞状《しょうじょう》には、『表彰状』と書いてあった。

佐々《ささ》ゴンがメガネをあげ、賞状《しょうじょう》を見つめる。一瞬《いっしゅん》、眉間《みけん》のしわが深くなり、恐《おそ》ろしい目でにらまれた。

「こう書くこともあるんだっ」

そう言い捨《す》てると、あたしの手から奪《うば》うように賞状《しょうじょう》を取り上げて、他《ほか》の子の賞《しょう》状《じょう》もしまった。

「授業《じゅぎょう》をはじめるぞ」

佐々《ささ》ゴンが、不機嫌《ふきげん》な声で教科書を出す。何が何だかわからないといった様子で、みんなも用意をはじめる。

あたしは、どうしていいかわからずに、立ち尽《つ》くしていた。まるで、自分が悪いことをして立たされているような気分になる。

「何を突《つ》っ立ってるんだ。早く、席《せき》につきなさい」

佐々《ささ》ゴンに怒鳴《どな》られて、ようやくあたしも自分の席《せき》に戻《もど》った。でも、体中が熱《あつ》くて、顔をあげられない。どうして、あたしがしかられなきゃいけないのっ！

という思いだけが、うずを巻《ま》いていた。


塾《じゅく》が終わって、コンビニに誘《さそ》われたけど、断《ことわ》って帰ることにした。

みんなに賞状《しょうじょう》の間違《まちが》いをぶちまけて、思い切り佐々《ささ》ゴンの悪口を言いたい。そうすれば、スッキリするかもしれない。でも、佐々《ささ》ゴンの目を思い出すと、恐《おそ》ろしくて口にできなかった。

駅のホームにたたずむ。

七時半をまわって、辺《あた》りはすっかり暗くなっていた。ひんやりとした風が、体の奥《おく》まではいり込《こ》んでくる。各駅停車《かくえきていしゃ》しか止まらないこの駅で、待っている人はまばらだった。

心が重い。

あんなこと言わなきゃよかったと、何度も後悔《こうかい》した。

あのとき、「よく気がついたな、さすがだ」と、褒《ほ》めてもらえるんじゃないかとさえ思ったのに。

国語の先生で、しかも支部長《しぶちょう》でもある佐々《さ さ》ゴンのプライドを傷《きず》つけたのだと、今頃《いまごろ》気がついた。

お母さんから塾《じゅく》に文句《もんく》を言ってもらいたいくらいだけど、その後、毎回塾《じゅく》で顔を合わせるなんて、耐《た》えられそうにない。

間違《まちが》っていることを、間違《まちが》っていると言っただけなのに……。

あたしのような子どもに指摘《してき》されるのは、しゃくに障《さわ》る?

大人は、先生は、そんなに偉《えら》いわけ？

イライラがつのる。

プワ――ン。

けたたましい警笛《けいてき》と共《とも》に、激《はげ》しい風圧《ふうあつ》を残《のこ》して、特急《とっきゅう》が通り過《す》ぎていった。

せっかく友だちもできたのに、塾《じゅく》をやめたくはない。でも、佐々《ささ》ゴンの顔を見るたびに、今日のことを思い出してしまいそうだ。

落ち込《こ》むと、イヤなことが次々と浮《う》かんできた。

この間返された、全国模試《もし》の結果《けっか》。五年一組の中では、できるほうだと思っていたのに、全国で見ると大したことのないその結果《けっか》にがっかりした。数字はとても正直で、残酷《ざんこく》で、はっきりと順位付《じゅんいづ》けされる。

受験《じゅけん》のことだって、心配で仕方がない。もし、あたしだけ受験《じゅけん》に失敗《しっぱい》したら……。そう思うと、水の中でおぼれるように、息が苦しくなってくる。

未来《みらい》がとてつもなく暗く、つまらなく思えてきた。

ずるずると、足を引きずるようにホームを歩く。背中《せなか》を丸めて、白線の内側《うちがわ》に並《なら》ぶ人たちの前を横切った。何人かの前を通り過《す》ぎたとき、ふと違和感《いわかん》を覚《おぼ》えた。

この時季《じき》にはまだ寒そうな、半袖《はんそで》Tシャツを着た若《わか》い男の人が、列から外れて立っている。それだけでも不自然《ふしぜん》なのに、だらんと下げた両手には、何も持っていなかった。

手ぶらの男の人なんていくらでもいるけれど、身軽すぎるその人は、まったく、何も、持っていないように見えた。

一瞬《いっしゅん》、目が合う。ゾクリとした。

目の中が、空洞《くうどう》のように見えた。

見開かれているのに、何も見ていない。深く、暗く、すべてをのみ込《こ》んでしまいそうなほど、底《そこ》のない闇《やみ》……。

視線《しせん》を感じながら、無理《むり》やり足を踏《ふ》み出して、その人の前を通り過《す》ぎようとし

た、そのとき……。

すぐ後ろで、風を感じた。

ふわっと手がふれあい、思わず振《ふ》り向く。

景色《けしき》が、スローモーションのように見えた。

男の人が線路に向かってジャンプし、ひき寄《よ》せられるように、あたしの体もよろける。ふれあった手と手の間に、見えない鎖《くさり》があるようだった。

そのとき、ぐんぐんと近づいてくる電車が見えた。

線路に降《お》り立った男の人が、誘《さそ》うようにあたしを見つめる。空洞《くうどう》のような目に、吸《す》い込《こ》まれてしまいそうだった。

イヤだ……。

あたしはまだ、何もしていない。もっと勉強をしたい。友だちと遊びたい。恋《こい》をしたいっ！

力のすべてをふりしぼり、見えない鎖《くさり》を断《た》ち切るように、目をつぶる。

電車がものすごい勢《いきお》いで通り過《す》ぎ、あたしはホームに倒《たお》れ込《こ》んだ。

「きゃああ！」という叫《さけ》び声。

キキーーッと、空気を切り裂《さ》くような、電車のブレーキ音。

人々が、電車の先頭に向かって走っていった。

あたしは、ガクガクと震《ふる》えながら、その場から動けなかった。地面をはうようにして、安全な場所に移動《いどう》する。すりむいた手のひらを見て、生きてる、と思った。

ようやく立ち上がり、あたしは服と両手をはらった。

あの人は、死んでしまったんだろうか……。

ホームに続々《ぞくぞく》と人が集まり、スマホで写真をとる人もいたけれど、あたしは振《ふ》り返ることさえできなかった。

人波に逆《さか》らって改札《かいさつ》を出ると、塾友《じゅくとも》の子、数人に会った。

「葉月《はづき》ちゃん、何かあったの？」

騒然《そうぜん》としている構内《こうない》に向かって、首を伸《の》ばしている子に聞かれた。

「……人身、事故《じこ》みたい」

「え～、帰れないじゃん！」

そう言って、バスで帰ろうか、歩いて帰ろうかと相談しはじめた。

まだ震《ふる》える声をおさえて、「じゃあ」と言って歩き出すと、その中の一人が「ねぇ」と声をかけてきた。

「佐々《さ さ》ゴンってば、漢字を間違《まちが》えたんでしょう？　国語の先生のくせに、サイテーだよね」

と、笑《わら》いながら言ってくる。

たぶん前のほうの席《せき》に座《すわ》っている子が、あたしと佐々《さ さ》ゴンのやりとりを聞いていたに違《ちが》いない。

「バカだよね～」

「やっぱり、やなヤツ！」

みんなが笑《わら》って言いあっているのを聞いていたら、あんなに悔《くや》しかった思いが、ふっと消えていた。

みんなと別《わか》れて、お母さんに電話をする。人身事故《じこ》で電車が止まっていることを告《つ》げると、「駅前のファーストフード店で待ってなさい！　すぐに迎《むか》えに行くから」と、何だかとても心配していた。

温かいココアを注文して、窓《まど》の外を見る。人々が、あわただしく通り過《す》ぎていった。

さっきの事件《じけん》でのドキドキが、だんだんとおさまっていく。テレビのニュースでしか見たことのないような出来事が、目の前で起き、しかも巻《ま》き込《こ》まれそうになるなんて。

一瞬《いっしゅん》ふれあった、手の感触《かんしょく》を思い出す。とても冷《つめ》たかった。それに、あの空洞《くうどう》のような目。あのときすでに、あの人の魂《たましい》は死んでいたのかもしれない。

さっきまで、くよくよと悩《なや》んでいたことが、急にばかばかしくなった。佐々《ささ》ゴンなんて、どうでもいい。受験《じゅけん》に失敗《しっぱい》したからといって、何だというのだろう。

死に値《あたい》するようなことは、何もない。あるはずがない。

ココアの入ったカップを両手で包《つつ》むと、冷《ひ》え切った手に、血が通いはじめるのを感じた。

レン、レラ、リュウ

池田美代子《いけだみよこ》

「今日、奇跡的《きせきてき》に偶然《ぐうぜん》な出来事があったんだ。塾《じゅく》で同じペンケースを持ってる子がいたんだよ」

夕飯《ゆうはん》のしょうが焼《や》きを食べながらそう話すと、お姉ちゃんが「そんなの、よくあることだよ」と言った。

「だって、あれは去年ハワイのホテルで買ってもらったんだよ。よくあることじゃないよ。内田《うちだ》さん、あ、同じペンケースの子ね、内田《うちだ》さんはいとこからハワイのお土産《みやげ》にもらったんだって」

「ああ、あの黒ブタのね。あんな趣味《しゅみ》の悪いペンケースを持っている子が、あんたの他《ほか》にもいたなんて。確《たし》かに奇跡的《きせきてき》と言えるかも」

「黒ブタじゃないよ！　マレーグマ」

「どっちでもいいよ。それより、本当の奇跡的《きせきてき》に偶然《ぐうぜん》な出来事っていうのはね」

お姉ちゃんは自分が嫌《きら》いなブロッコリーをわたしのお皿に移《うつ》すと、話しはじめた。

「うちのクラスの璃乃《りの》の話ね。同じテニス部の。璃乃《りの》は犬を三匹《びき》も飼《か》ってるんだよ。三匹《びき》ともトイプードルで、色はみんな違《ちが》うの。アプリコットとシルバーと白。えっと名前はなんだっけ」

お姉ちゃんはスマホで璃乃《りの》さんのフェイスブックをのぞいて、「そうそう」とうなずいた。

「レンとレラとリュウだった」

「レン、レラ、リュウか。みんなラ行だから、並《なら》べて言うと、舌《した》かみそう。そういえば、璃乃《りの》さんも、名前がラ行だね」

「でね、璃乃《りの》がフェイスブックの犬好《いぬず》き仲間《なかま》で知り合ったひとも、同じ名前を付《つ》けていたんだって」

「三匹《びき》とも？　レンとレラとリュウって？」

「そう、三匹《びき》とも。しかも同じトイプー。色は璃乃《りの》の犬とは違《ちが》うみたいだけど」

そっか。それは奇跡的《きせきてき》な偶然《ぐうぜん》かもね。それぞれの名前、レンもレラもリュウも、それほどめずらしい名前じゃないけど、三匹《びき》そろって同じ名前っていうのがスゴイ。

「十分、奇跡《きせき》でしょ。でもね、それだけじゃないよ。話はそこからもっと驚《おどろ》く展《てん》開《かい》になっていくんだから」

お姉ちゃんが続《つづ》けて話そうとすると、ママに「絹《きぬ》、食事中にスマホはしない。木綿子《ゆうこ》、口に食べ物が入っているときに、しゃべらない」と注意された。わたし達《たち》は首をすくめると、大急ぎで食べ終えた。

それから、お姉ちゃんの部屋に移動《いどう》し、わたしは、「話の続《つづ》き！」とせかした。

「じゃあ、ここからはわたしが璃乃《りの》に成《な》り代わって話すね」

お姉ちゃんは、「こほっ」とせき払《ばら》いをひとつした。

＊

絹《きぬ》ちゃん、聞いて。彼女《かのじょ》もわたしと同じ高一で、名前は、マリンちゃんていうの。日本人だよ。真凜《まりん》っていう字。

マリンちゃんちのワンちゃん達《たち》が、うちのコ達《たち》と同じ「レン、レラ、リュウ」っていうのもびっくりだけど、他《ほか》にもうちらには共通点《きょうつうてん》がたくさんあったの。

好《す》きな食べ物は、うどんと焼《や》き肉と桃《もも》……から始まって、部活は同じテニス部。趣味《しゅみ》はダンスと読書。

あ、うん。じつは本好《ほんず》きなの、わたし。好《す》きな作家もダブってて、金井美恵子《かないみえこ》と今野敏《こんのびん》と米澤穂信《よねざわほのぶ》。カオスでしょ。なのに同じってすごくない？　ブログを見ても、ああそうそうわかるわかる、って思わず口に出しちゃうこともよくあって。

まるで他人とは思えない感じなのよ。

会ってみたいなあ、話してみたいなあって、ずっと思ってたんだ。でも、マリンちゃんは四国のひとなの。四国の香川《かがわ》県。そう、うどん県のひと。だからうどん好《ず》きなんだね。

四国は遠いよね。だから、絶対《ぜったい》会えないと諦《あきら》めてた。ところが！　いきなりお盆《ぼん》休みに四国に家族旅行するって親が言いだしてさ。びっくりだよ。最初《さいしょ》は二人で行ってきてよと断《ことわ》ったの。

わたしは絹《きぬ》ちゃんと違《ちが》って一人っ子だから。高校生にもなって、親と三人で旅行なんてありえないよ。まさか離婚《りこん》するのかなって考えちゃった。離婚《りこん》前に思い出作りでもしようって魂胆《こんたん》なのかって。

＊

「お姉ちゃん、うちもお正月に家族旅行するってママが言ってたよね。京都だっけ。じゃあ、もしかして、うちの親も離婚《りこん》するのかな？」

思わずそう言ってしまったら、お姉ちゃんは顔をしかめた。

「知らないよ。けど、そんなわけないじゃん」

お姉ちゃんは再《ふたた》び、璃乃《りの》さんに変身《へんしん》して話を続《つづ》けた。

＊

四国はね、わたしが生まれる前に両親が住んでいた所なんだって。ほんの数カ月だったらしいけど。しかも、香川県《かがわ》だっていうの。

親との旅行なんてと渋《しぶ》ってたけど、これはマリンちゃんに会うチャンスだと思ったら、早く行きたくて。

栗林《りつりん》公園って知ってる？　くりばやしと書いてりつりんと読むの。うん、わたしも知らなかった。歴史《れきし》ある庭園だって。

お母さんに聞いたら、行く予定だと言うから、栗林《りつりん》公園で待ち合わせすることにしたんだ。マリンちゃんからのメールには、

『午後一時に栗林《りつりん》公園の中、南湖《なんこ》のほとりの掬月亭《きくげつてい》で』

掬月亭《きくげってい》っていうのは茶屋で、お抹茶《まっちゃ》をいただけるんだって。なんだか大人になったみたいでワクワクしたよ。

お互《たが》いフェイスブックの写真を見ていたから、顔はわかっているつもりだったけど、初対面《しょたいめん》でしょ。すぐにわかるように目印《めじるし》になるものを持っていくことにした。

わたしはグリーンのリュックにシルバーのトイプーの大きなキーホルダーを付けて、マリンちゃんは、アプリコット色のトイプー柄《がら》のトートバッグを持っていくって。

親にSNSで知り合ったと言うと、大丈夫《だいじょうぶ》なのかって妙《みょう》に心配して、マリンちゃんが来るまで一緒《いっしょ》にいるって、マジ迷惑《めいわく》だった。

でも、実際《じっさい》マリンちゃんに会うと、「まあまあ、なんてかわいいお嬢《じょう》さんなの」なんて上機嫌《じょうきげん》になっちゃって、「一時間したらまたここに戻《もど》るね」と、安心して散策《さんさく》に行ってくれてほっとした。

親が言う通り、マリンちゃんはアイドルみたいにかわいかったよ。

お互《たが》い、初《はじ》めて会ったとは思えなくて、ずっと昔からの友達《ともだち》みたいに話しちゃった。

話したいことが次から次へとあふれてきて、あっという間の一時間だった。

テニス部のことや学校のことや、友達《ともだち》のこと。絹《きぬ》ちゃんのことも話したよ。ふ

ふふ。大丈夫《だいじょうぶ》。悪口なんて言ってないよ。

すっごい毒舌家《どくぜつか》だけど、ほんとは優《やさ》しい子だって褒《ほ》めておいたから。

＊

「お姉ちゃんが優《やさ》しかったら、世界中の……」

「黙《だま》っとけ。わたしが言ったんじゃないよ、璃乃《りの》の言葉をくわしく正確《せいかく》に、伝《つた》えているだけだから」

へい、へい。

「それで、さらに奇跡的《きせきてき》な偶然《ぐうぜん》を見つけたってわけ」

お姉ちゃんは、なぜか得意《とくい》そうに言う。

「なんと、親の名前も年齢《ねんれい》も一緒《いっしょ》だった」

「マジで？」

「父、コージ四十八歳《さい》、母、ナナミ四十六歳《さい》。漢字は違《ちが》うけれど、読み方は一緒《いっしょ》らしい」

「お姉ちゃん、よく他人の親の名前と年齢《ねんれい》を覚《おぼ》えたね」

「頭いいからね」

でも、璃乃《りの》さんちのトイプーの名前は忘《わす》れてたじゃん。それにうちの親の年齢《ねんれい》もすぐに忘《わす》れるよね。

「わかった？　これぞ、奇跡《きせき》的《てき》な偶然《ぐうぜん》よ」

「ほんとだね」

お姉ちゃんは満足《まんぞく》そうにうなずくと、三度《みたび》、璃乃《りの》さんに変身《へんしん》した。

＊

『掬月亭《きくげってい》』ってかっこいいよね。由来は昔の中国の詩の一節《いっせつ》らしいよ。

『掬水月在手（水を掬《きく》すれば、月、手に在《あ》り）』。両手に水を掬《すく》うと、夜空の月が水の中に映《うつ》るという意味なんだって。

月は「真実」で、水を掬《すく》った誰《だれ》の手にも等しく真実が宿るって意味。

マリンちゃんが教えてくれたんだ。

夏の日の午後。太陽の日差《ひざ》しがまぶしくて、もちろん月なんて見えなかった。

でも、わたしはそのとき、満月《まんげつ》の晩《ばん》、そこにいる自分をすぐに想像《そうぞう》できた。両手でそっと水を掬《すく》っているわたしが見えたの。

わたしの目に映《うつ》るあの月も、両手の中の水面《みなも》に揺《ゆ》らぐ月も、ふたつともが、ふたつとも真実なのかもしれない。

そう思っているわたしが。

だからね、その言葉がずっと残《のこ》っていたんだ。

一時間後、親が迎《むか》えにきて、「またね」と手を振《ふ》ってお別《わか》れ。今度いつ会えるかわからないし、もう会えないかもしれないけど。でも、「さようなら」って言いたくなくて。

マリンちゃんを見送ったお母さんが、「璃乃《りの》、とても気が合ったみたいね」って言ったの。お父さんもね、目を細めてつぶやいてた。

「あの子、誰《だれ》かに似《に》ていないか？　璃乃《りの》の幼稚園《ようちえん》のときの友達《ともだち》だったかな。どうも初《はじ》めて会った気がしないよ」

そしたら、お母さんが気になることを言ったんだよ。

「……笑《わら》い方がね、似《に》ている気がするわ」

お父さんが言っている幼稚園《ようちえん》の友達《ともだち》のことかと思ったら、そうじゃなくて……。

絹《きぬ》ちゃん、うちにはね、小さなお仏壇《ぶつだん》があるの。わたしには、お姉ちゃんがいたんだよ。わたしが生まれる前に亡《な》くなってしまったけれど。二歳《さい》だったって。

夏帆《かほ》って名前のお姉ちゃん。

お母さんが、マリンちゃんと笑《わら》い方が似《に》ていると感じたのは、どうやら夏帆《かほ》お姉ちゃんのことらしくて。

ちなみにお姉ちゃんは、「でんでらりゅう」の歌が好《す》きだったんだって。長崎《ながさき》県に伝《つた》わるわらべうた。おばあちゃんに教えてもらってよく歌ってたって。回らない舌《した》で「れんれらりゅう」って。

わたしも好《す》きな歌だった。やっぱりお姉ちゃんと同じで、舌《した》足らずに「れんれらりゅう」って歌ってたの。

ちゃんと歌えるようになっても、その語感が気に入って、わざとそのまま「れんれらりゅう」って歌ってたんだ。

うん、そう、うちのトイプー達《たち》の、「レン」「レラ」「リュウ」はそこからきてるの。

マリンちゃんのワンちゃんの名前の由来？　それは聞かなかった。わたしも話してないし。

ところで絹《きぬ》ちゃん、生まれ変《か》わりって信《しん》じる？

夏帆《かほ》お姉ちゃんとマリンちゃんの顔は、まるで似《に》てないんだ。でも、なんとなくね、そう感じたの。マリンちゃんはお姉ちゃんの生まれ変《か》わりかもって。

＊

「どう思う？」

お姉ちゃんは話し終わると、わたしに聞いた。

「うん、スゴイと思う。奇跡的《きせきてき》だと思う」

「そうじゃなくて、マリンちゃんが、璃乃《りの》のお姉さんの生まれ変《か》わりだと思うかって聞いてるの」

わたしは「どうかなあ」と返事した。とても不思議《ふしぎ》だとは思うけれど、生まれ変《か》わりかと聞かれたら、首をかしげちゃう。

「だって、もし生まれ変《か》わるとしたら、同じ両親のもとに生まれないかな？　だって、親の名前が同じなんでしょ。そこが逆《ぎゃく》に引っかかるよ。それって間違《まちが》って生まれちゃったってことじゃないの？　神様かお姉さんの魂《たましい》か、わからないけど、ミスっちゃったってことでしょ？　おかしいよね。神様がミスするなんて、そっちの方がありえないと思うよ」

するとお姉ちゃんは、当然《とうぜん》のような顔をして、「ミスじゃないと思うよ」と言う。

「マリンちゃんは、ちゃんとマリンちゃんの両親のもとに生まれるべくして、生まれたんだよ」

「どうして、そんなこと、お姉ちゃんにわかるの？」

「だって、そうとしか思えないよ。璃乃《りの》から聞いただけでも、マリンちゃんが、とてもいい子だってわかるもん。大切に育てられたんだなって。それにね、この世の中には、わたし達《たち》の理解《りかい》を超《こ》えたことが、たくさんあるの。木綿《ゆう》が考えられるような単純《たんじゅん》で明快《めいかい》なことばかりじゃないんだよねえ。ま、木綿《ゆう》はまだお子ちゃまだから、わかんないか」

お姉ちゃんはバカにしたように、ふふん、と笑《わら》った。くやしい。

「でもね」

お姉ちゃんは、今度は神妙《しんみょう》な顔つきになると、つぶやいた。

「不思議《ふしぎ》なことって、あとからふと考えると、ああそういうことだったのか、ってふに落ちることもあるんだよね。そのときはわからなくてもね。シンクロニシティって聞いたことある？」

「ううん。知らない」

「日本語だと、共時性《きょうじせい》」

「ぜんっぜん、わかんない」

「だよね。『意味のある偶然《ぐうぜん》』って言った方がわかりやすいかな」

意味のある偶然《ぐうぜん》……。

そっか。お姉ちゃんが言いたいのは、そのときにはわからないけれど、あとになって、偶然《ぐうぜん》と思えた出来事には意味があったと気づくってことかな。

「いつか木綿《ゆう》にも、あるかもね。ペンケースよりもすごい偶然《ぐうぜん》が」

「うん」

いつかわたしにも——。

璃乃《りの》さんとマリンさんのような素敵《すてき》な出会いと、シンクロニシティがありますように。

そらみみ……。

山口《やまぐち》　理《さとし》

あれはぼくがまだ、小学校五年生のころだった。現在《げんざい》では都心から少しばかりはなれたところにも、きらびやかな街《まち》、近代的《きんだいてき》な街《まち》がいくらでもある。けれど当時は都会から一歩出ると、街灯《がいとう》の灯《あか》りさえもまばらな、未開発《みかいはつ》の土地がほとんどだった。そんな時代の話である。

「えっ、おばあちゃんがどうしたって？」

ぼくは、読みかけのマンガを開いたまま、お母さんの顔を見た。

「おばあちゃん？　お母さん、そんなこと言ってないわよ。『お豆腐《とうふ》がなかった』って言ったのよ」

おばあちゃんとお豆腐《とうふ》とでは、聞き違《ちが》いもいいところだ。

「ねえ、さとし。お豆腐《とうふ》屋さんが来たら、二丁買っておいてね。お母さん、洗濯《せんたく》ものを取りこんでくるから」

それだけ言い残《のこ》して、お母さんは屋根の上の物干《ものほ》し台へとかけ上がっていった。

当時、ぼくが住んでいたのは、東京都葛飾区《かつしかく》の金町《かなまち》という、どこかうらさびしいふんいきを持った下町。夕方になると、毎日のように自転車に乗った豆腐《とうふ》屋さんが、豆腐《とうふ》や納豆《なっとう》、油揚《あぶらあ》げなどを売りに来ていた。

【トップ～ッ！】

来た来た。独特《どくとく》の調子のラッパを吹《ふ》きながら、豆腐《とうふ》屋さんがやってきた。ぼくは、片手《かたて》におなべをさげて、豆腐《とうふ》を二丁買いに行く。自転車のまわりには、もう何人ものおばさんたちが、わいわいがやがやと集まっていた。

「ほい、豆腐《とうふ》二丁ね。まいど！　おばあちゃん」

一瞬《いっしゅん》、からかわれたのかと思った。けれど、まわりのおばさんたちから、笑《わら》い声が出てこない。この豆腐《とうふ》屋さんがジョークを言うと、決まっておばさんたちは、大きな口を開けて、がはがはと笑《わら》うのだ。たとえそれが、どんなにつまらないダジャレだとしても。

（また、ぼくの聞き違《ちが》いかよ）

そう思い直して、ぼくは家にもどった。

「おっ、今日は湯豆腐《ゆどうふ》か。だいぶ寒くなってきたから、こいつぁ、ありがたい」

町工場から帰ったお父さんが、うれしそうに台所をのぞきこむ。

間もなく夕食の時刻《じこく》になり、湯気の立ち上る湯豆腐《ゆどうふ》と、熱《あつ》かんのお酒がちゃぶ台の上に登場した。お父さんはお酒さえあれば、おかずは湯豆腐《ゆどうふ》だってなんだって、ごきげんなんだ。他《ほか》のおかずは、きんぴらゴボウに、なすのみそ汁《しる》。まあ、いつもだいたい、こんなところだ。

ぼくが二杯目《はいめ》のごはんに、みそ汁《しる》をかけて食べ始めたその時だ。お父さんが、お母さんの方を向いて何か言った。ぼくの箸《はし》がピタッと止まる。

「ほんと？　おばあちゃんが来るの？」

そう言ったぼくの顔をじっと見つめるお父さん。ぐい飲みをことんとちゃぶ台の上に置《お》いて、もう一度ぼくの顔を見た。

「だれがそんなこと、言ったんだ」

「お父さんだよ。今、そう言ったじゃない」

「はぁ？　おれはお母さんに、『しょうゆがないぞ』って言ったんだ」

そこにお母さんも、割《わ》りこんでくる。

「さとし。あんた、さっきもそんなこと言ってたわよね。耳がおかしくなっちゃったんじゃないの？　それともマンガの読み過《す》ぎ？」

そんなこと、あるもんか。お父さんはたしかに「おばあちゃん」って言ったんだ。

「そりゃ、『そらみみ』だな。よくあるこった」

お父さんは、どうでもいいという感じで、「八重《やえ》さーん」と、カラのとっくりをふるふるふった。"八重《やえ》さん"っていうのは、もちろんお母さんの名前だ。

その晩《ばん》、ぼくは寝《ね》つきが悪かった。どう思い出しても、「おばあちゃん」と聞こえたんだ。二人して、ぼくをからかっている？　いやいや、そんなおしゃれな楽しみ方をする両親じゃない。それに、豆腐《とうふ》屋のおっちゃんも、「おばあちゃん」って言ったぞ。いったいいなんなんだ、これは。

グイッとかけぶとんを引き上げると、目の前がまっ暗になった。

よく朝、ネクタイをしめながら、お父さんがぼくに言った。

「おばあちゃんか。さとしはもう何年も会っていないのに、どうして急に、おばあちゃんのことを思い出したんだ？」

やっぱり、わかっていない。思い出したんじゃなくて、「おばあちゃん」と言った声がたしかに聞こえたんだ。そらみみなんかじゃない！　……と思うんだけどなぁ。

続《つづ》いてお母さんがお茶わんを片《かた》づけながら、昔を思い出すような目になった。

「さとしがおばあちゃんと最後《さいご》に会ったのは、小学校にあがってすぐのころね」

そうか。そんなに長いこと、会っていなかったのか。と思ったその時、ぼくの口から思ってもいなかった言葉がころがり出た。

「おばあちゃんに会いたいな」

言った自分におどろいた。そんなことを言うつもりは、まったくなかったのに。すると、それにお父さんが反応《はんのう》した。

「そうだな。久《ひさ》しぶりに行ってみるか。山奥《やまおく》の秘境《ひきょう》へ」

行き先は、山奥《やまおく》なんかじゃない。おばあちゃんが住んでいるのは、埼玉《さいたま》県三郷《みさと》村という土地だ。ぼくにはそこが、遠くてまっ暗な土地という記憶《きおく》しか残《のこ》っていない。たしかに、あたり一帯《いったい》、山奥《やまおく》のようにまっ暗だ。そんなところではあるけれど、いちおう、首都圏《しゅとけん》ではある。そこに住んでいるおばあちゃんというのは、お母さんのお母さんだ。

「おばあちゃん、ぼくのこと、覚《おぼ》えてるかな」

「決まってるじゃない。小さいころ、ずいぶんかわいがってくれたんだもの」

残念《ざんねん》ながら、ぼくにその思い出はなかった。

十二月に入って間もないころ、ぼくはお父さんと二人で、おばあちゃんの家に向かった。本当は、お母さんと行くことになっていたのだけれど、そのお母さんははやり風邪《かぜ》にかかって、熱《ねつ》を出してしまった。だから、お父さんがピンチヒッターというわけだ。

あずき色の電車に乗り、それからバスにゆられ、降《お》りたバス停《てい》からは、かなりの距離《きょり》を歩くことになる。冬の日没《にちぼつ》は早い。歩き始めるころには、あたりはもう、すっかりやみに包《つつ》まれていた。まだ午後六時を少し回ったばかりだというのに。

「さとしのそらみみから、こういうことになっちゃったわけか」

「うーん、やっぱり、そらみみなのかなぁ。でもいいや。おかげで久《ひさ》しぶりにおばあちゃんの顔を見られるんだから」

おばあちゃんとは、そう何度も会っているわけではない。なのになぜか、そのしわくちゃな笑顔《えがお》が好《す》きだった。それにしても相変《あいか》わらず暗い夜道だ。おまけに土の道。

まあ、雨上がりでないのは助かる。雨上がりの土の道というのは、くつを徹底《てってい》的《てき》に汚《よご》してくれる。そしてどこかに、落とし穴《あな》をしかけている。それは水たまりだ。月の出ている夜は、「光っているところが水たまりだから、そこをよけて歩くといい」とお母さんから教えられた。しかし、この日の夜みたいに月の出ていない夜は、それもできない。だから、月の出ていない雨上がりの夜、というのが最悪《さいあく》なのだ。

はるかかなたにはだか電球の街灯《がいとう》が見え、そこまでたどり着くと、次の街灯《がいとう》まではまたまっ暗やみ。街灯《がいとう》と街灯《がいとう》の間隔《かんかく》が、百メートルくらいありそうだ。街灯《がいとう》と街灯《がいとう》の中間あたりは、まさに真のやみだ。それにこの道沿《みちぞ》いには民家《みんか》なんて、ほとんどない。なるほどお父さんの言うとおり、山奥《やまおく》とたいして変《か》わらないかもしれない。

何度か細い路地を曲がる。ふとお父さんが足を止めて、頭をコリコリとかきだした。

「たしかこっちでいいと思ったんだけどな」

どうやら、道にまよったらしい。まあ、お父さんだってそう何度も来ているわけじゃない。それにこのまっ暗やみだ。まよってもそれほど不思議《ふしぎ》ではない。

「さとし、わからないか?」

「わかんないよ。だって、この前来たのはまだ小さいころだったし」

近くに商店でもあればききけるのだが、商店どころか、人の住んでいる気配すらない。

「まいったな、だれか通りかからないかな」

と、お父さんが二回目のコリコリを始めたその時だ。

「えっ、おばあちゃん？」

ぼくの声に、お父さんが、「えっ」と後ろをふり返る。

「なんだよ、おばあちゃんなんかいないじゃないか」

「おかしいな。たしかに今、ぼくの背中《せなか》でおばあちゃんの声がしたんだけど」

お父さんは、がっかりしたように肩《かた》を落とした。よく考えれば、こんなまっ暗な道におばあちゃんがやってくるはずがない。だっておばあちゃん、目が悪いんだ。本当にこまった。こまったからこそ、ぼくはこんな言葉を口にした。

「ねえ、だまされたと思って、こっちへ行ってみない？」

〝こっち〟というのは、さっき、おばあちゃんの声がしたと思った方角のことだ。

「そうだな。どうせ、どっちへ行ったらいいのか、まるでわからないんだし」

途方《とほう》に暮《く》れていたお父さんは、意外なほどあっさり、ぼくの提案《ていあん》を受け入れた。

くるっと向きを変《か》えて歩きだすぼくとお父さん。いったい、どれくらいの時間、歩いたのだろうか。ぼくはふと、足を止めた。

「ほら、あそこの明かり、おばあちゃんちじゃない？」

なんとなく見覚《みおぼ》えのある家の構《かま》え。玄関《げんかん》に光るオレンジ色の電球。その明かりに映《うつ》し出された引き戸の感じ。お父さんも、こくっとうなずく。

「ああ、そうかもしれない。行ってみようか」

かすかな記憶《きおく》だけをたよりに、そこへ向かう。思えばこんなうろ覚《おぼ》えで、よくここまで来ようという気になったものだ。

「やあ、ここだここだ。すごいじゃないか、さとしのカン」

カンじゃない。おばあちゃんの声がしたんだ。

玄関先《げんかんさき》に立ってみると、「中村」と書かれた表札《ひょうさつ》が見えた。おばあちゃんの名字に間違《まちが》いないという。カラカラと引き戸を開ける。

「こんばんは。ごぶさたしてます」

予告《よこく》なしの訪問《ほうもん》だ。当時はまだ電話を引いていない家も多く、この家も、ぼくの家もそうだった。

「あれまあ、市夫《いちお》さん。それから、ぼうやはもしかして、さとしちゃんかい？」

ぼくがうなずくとその女の人は、おばあちゃんによく似《に》た笑顔《えがお》で顔にシワを作った。

「市夫《いちお》さん」というのはお父さんの名前だ。この女の人はおばあちゃんの妹さん。

「八重《やえ》ちゃんは風邪《かぜ》ってかい。それじゃ、来られねえわけだ。ところで市夫《いちお》さん、姉さんのこと、だれに聞いたんだね」

おばあちゃんのこと？　なんのことかわからず、お父さんはきょとんとした。

「姉さんがあぶないって、聞いて来てくれたんだろう？」

少しわかりにくい発音だが、なんとか聞き取ることはできる。

「いや、そうじゃなくて、実はさとしが……」

お父さんが、ぼくの〝そらみみ〟について説明《せつめい》をした。

「ほう、そうかい。不思議《ふしぎ》なこともあるもんだねぇ。ま、こっちへ入って」

そう言ったあと、ぼくたちをとなりの部屋に案内《あんない》してくれた。するとそこには、ふとんの上で身動きひとつしないおばあちゃんがいた。

「姉さんはしばらく前から寝《ね》たきりになってさ。頭に血がたまっちまってるんだよ。昨日《きのう》、医者から『もう何日ももたない』って言われたばっかりでさあ」

天井《てんじょう》を見つめたままじっと動かないおばあちゃんは、まるでロウ人形のようだった。

「だから明日《あした》にでも、電報《でんぽう》を打とうかって思ってたとこなんだよ」

妹さんはそう言い終わると、おばあちゃんの耳元に口を寄《よ》せて大きな声を出した。

「姉さん、市夫《いちお》さんが来てくださったよ。さとしちゃんもさあ」

おばあちゃんは、ピクリともしなかった。

「いくら大きな声で言ったって、何も聞こえねえんだ」

妹さんはそう言って、ちょっとさみしそうに笑《わら》った。

そのあと、夕飯《ゆうはん》をごちそうになった。お父さんはここでも熱《あつ》かんのお酒にごきげんだ。

やがて、そのにぎやかな席《せき》が苦痛《くつう》になってきたぼくは、そっとその場を抜《ぬ》け出し、おばあちゃんの部屋に入った。

「おばあちゃん、さとしだよ。わかる？」

半紙をくしゃくしゃにしたような手をにぎり、そう呼《よ》びかける。その時、開けたままになったおばあちゃんの目から、ツーッとなみだが流れ落ちた。おばあち

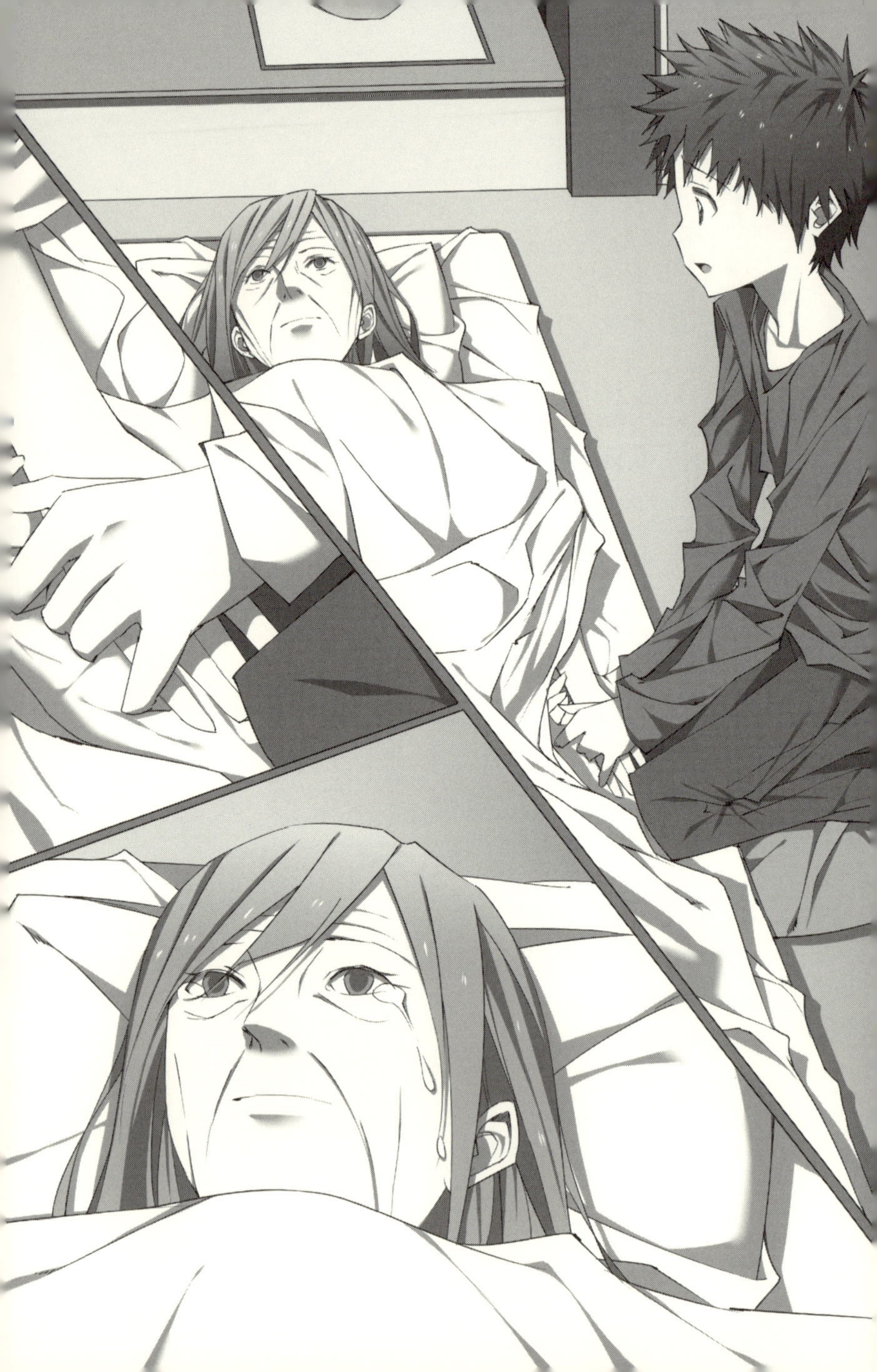

ゃんは、ロウ人形なんかじゃなかった。ちゃんと意識《いしき》がある。しっかり生きている。

(来てよかった。おばあちゃんはぼくを呼《よ》んでいたんだもんね)

「また会いに来るからね、おばあちゃん」

ぼくは、もう一度強く手をにぎった。

それから五日後、おばあちゃんは静《しず》かに息を引き取った。その斎場《さいじょう》のすみで、妹さんがお母さんに話をしていた。

「姉さん、声が出なくなる前、『さとしちゃんに会いてえなぁ』って言ってたんだよ。まあ、それからすぐに何もわからねえようになっちまったから、声をかけなかったんだけどね」

斎場《さいじょう》の外に出ると、少し早めの初雪《はつゆき》が舞《ま》っていた。斎場《さいじょう》の煙突《えんとつ》から出る煙《けむり》を見つめるぼくの耳に、聞き覚《おぼ》えのある声がささやくように聞こえてきた。

【ありがとうね】

おばあちゃんの声のような気がした。

あの日から五十年以上《いじょう》の年月が流れた。三郷《みさと》村はやがて三郷町《みさとまち》になり、そして三郷《みさと》市となって、にぎやかな住宅地《じゅうたくち》に姿《すがた》を変《か》えた。けれどぼくの耳の奥底《おくそこ》には、おばあちゃんの声があの時のまま残《のこ》っている。たとえあれが、〝そらみみ〟だったとしても……。

暖日山《ぬくいやま》の武三郎《たけさぶろう》

最上一平《もがみいっぺい》

私《わたし》のふるさとは、山形県《やまがたけん》の内陸《ないりく》にある山の中の町ですが、暖日山《ぬくいやま》の武三郎《たけさぶろう》さんのことは、ほとんどの人が知っていました。知っているだけではなく、病気が重体におちいった時などは、『暖日山《ぬくいやま》の武三郎《たけさぶろう》さんだハ』などといったりします。それから、発表会やなにかの試合《しあい》などで、緊張《きんちょう》しおいつめられた時、また、ここが勝負どころだ、などという時も、『暖日山《ぬくいやま》の武三郎《たけさぶろう》になれ』などというのです。

暖日山《ぬくいやま》の武三郎《たけさぶろう》さんというのは、私《わたし》のおじさんです。武三郎《たけさぶろう》さんの名前が出ると、私《わたし》は体の中がカッと熱《あつ》くなって、勇《いさ》ましいような、ワクワクした力がこみ上げてくるのでした。

私《わたし》は、暖日山《ぬくいやま》の武三郎《たけさぶろう》といわれるきっかけになったできごとを、本人の武三郎《たけさぶろう》さんに聞きました。何度聞いてもおもしろく、事あるごとにねだって話してもらいました。

武三郎《たけさぶろう》さんは、最上川《もがみがわ》をはさんだ松風《まつかぜ》という集落にすんでいて、そこは暖日山《ぬくいやま》のすそにありました。松風《まつかぜ》は、朝日岳《あさひだけ》に登る入り口の集落です。朝日岳《あさひだけ》は、深い山々の奥《おく》の奥《おく》にある山で、そこにふった雨が山にしみこみ、所々からしみ出た水を集めて、朝日川《あさひがわ》となり、最上川《もがみがわ》にそそいでいるのでした。合流しているのが松《まつ》風《かぜ》です。

松風《まつかぜ》集落から、川沿《かわぞ》いの道を二十キロも山に入ると、夏場だけ開業している鉱《こう》泉宿《せんやど》が一軒《けん》ぽつんとあるきりです。

鉱泉《こうせん》までは、なんとか車でも行けるのですが、そこから先は、登山道になるのでした。

そういう山の中で、武三郎《たけさぶろう》さんは子ども時代を過《す》ごし大人になり、百姓《ひゃくしょう》をしていました。

春には山菜《さんさい》をとり、夏から秋にかけてはきのこをとります。また、昔は、炭を焼《や》いたり、熊《くま》や鹿《しか》などをとったりしたのでした。私《わたし》が話をねだると、武三郎《たけさぶろう》さんはこんなふうに話してくれたのです。


朝日岳《あさひだけ》には俺《おれ》しか知らねえ舞茸《まいたけ》の出る所がある。家のものにも教えねえ。舞茸《まいたけ》っていうのはナ、ひとかかえもあるような株《かぶ》が、出ている所には十《とお》もあったりする。見事なもんだぞお。ウン。そんなのを見つければ、だれだってうれしくなってナア、舞《ま》い踊《おど》りたくなるべ。そんでナア、舞茸《まいたけ》っていうんだ。

俺《おれ》は、だれも知らねえブナの原生林でな、舞茸《まいたけ》をとっていた。そして、ひょいと頭を上げると、あっちでもひょっくらと頭を上げた。まっ黒いぞ。急に現《あらわ》れたんで、俺《おれ》もたまげた。思わず声が出た。

「アアッ！」

俺《おれ》もたまげたが、むこうだってそうだ。

「アアッ！」

と、あいつもたまげた声を出した。ほんとだぞお。俺《おれ》にはしっかりと聞こえたんだ。

お互《たが》いにびっくりしたもんで、ひと呼吸《こきゅう》見合ったもんだ。

それから熊《くま》のやろう、べらぼうな勢《いきお》いで、突進《とっしん》してきやがった。あいつら速いぞ。あっという間に目の前だ。逃《に》げるひまもねえ。しょうがねえ。俺《おれ》は、観念《かんねん》して腰《こし》を落としてかまえた。そんでナア、ウン。こう、トウリャアーッて、はらい腰《ごし》だ。うまく腰《こし》にのった。勢《いきお》いで俺《おれ》もぶっとんだが、あいつはもっとぶっとんだ。ちょうど坂だったから、ゴロンゴロンところんでナ。

そしてあいつはスタスタ逃《に》げていった。

武三郎《たけさぶろう》さんは、右のこめかみを熊《くま》の爪《つめ》でひっさかれ、キズが五センチばかり残《のこ》りました。このキズのおかげで、熊《くま》と出会った事件《じけん》は町中の人が知る所となったのでした。

足柄山《あしがらやま》の金太郎《きんたろう》にひっかけて、暖日山《ぬくいやま》の武三郎《たけさぶろう》だとだれかがいいはじめ、それがきっかけで、どたんばの時や、その時に出す力のことを、暖日山《ぬくいやま》の武三郎《たけさぶろう》というようになったのでした。

『暖日山《ぬくいやま》の武三郎《たけさぶろう》』と人の口にのぼりはじめると、こんなことをいうものもいました。

「ありゃあ、熊《くま》だって、そうとうおどろいたに違《ちが》いねえ。あの顔だ」

うなずいた人は、ひとりやふたりではありません。武三郎《たけさぶろう》さんはひどい獅子《しし》っ鼻《ぱな》で、どんぐり目玉。顔の形は重箱。その上、顔中に針《はり》のようなぴんととがった毛がびっしりはえていました。人というよりは秋田《あきた》のなまはげです。ですから、かげでこっそりと、熊《くま》が気《き》の毒《どく》だなどと武三郎《たけさぶろう》さんの悪口をいい、笑《わら》いの種《たね》にするわけです。熊《くま》を投げとばすことができたのは、中学高校とやってきた柔道《じゅうどう》が身についていたからで、腕《うで》っぷしもそうとう強く、肝《きも》っ玉もすわっているのでした。

私《わたし》も小さいうちは、武三郎《たけさぶろう》さんがこわくて、ブルブルふるえていました。鬼《おに》よりもこわそうな顔ですから。でも、何度も会っているうちに、なれてきてこわい感じはなくなりました。

武三郎《たけさぶろう》さんはお酒が好《す》きでした。正月礼、盆礼《ぼんれい》といって、正月、盆《ぼん》は、親せきを回って、仏壇《ぶつだん》のご先祖様《せんぞさま》にあいさつをするのが、このあたりのしきたりです。武三郎《たけさぶろう》さんは、私《わたし》の家に来て、一日中酒を飲みました。二升《しょう》も飲みます。夜になるとやっと腰《こし》を上げ、帰るのでした。

ある年の盆礼《ぼんれい》の時、帰る途中《とちゅう》の田んぼ道で、武三郎《たけさぶろう》さんは、自分がどじょうだと思ったのでした。どじょうは田んぼにいるものです。それで武三郎《たけさぶろう》さんは、くつをぬぎ、田んぼに入りました。

どじょうはくねくねするものです。そしてどじょうは泥《どろ》の中にいるものです。武三郎《たけさぶろう》さんは、まだ水のはってある田んぼで、体をくねくねさせたり、泥《どろ》に頭をつっこんだりしたのでした。

そんな失敗《しっぱい》も、私《わたし》が武三郎《たけさぶろう》さんを好《す》きになった理由のひとつでした。

私《わたし》が武三郎《たけさぶろう》さんに親近感を持つようになったのは、なんといっても釣《つ》りを教えてもらってからです。中学一年生になると、武三郎《たけさぶろう》さんは朝日川《あさひがわ》に連《つ》れて行ってくれるようになりました。そして、糸のむすび方、エサのつけ方、しかけの作り方、魚の習性《しゅうせい》やその一生、釣《つ》り方を教えてくれました。さおもびくも、魚をとりこむたもあみも、私専用《わたしせんよう》のものをそろえてくれました。

最初《さいしょ》に連《つ》れて行ってもらったのは、つり橋のかかっている下の大石の所でした。そこは流れが大石にぶつかり、大きなふちになっていました。

「いいか。魚は頭を上流にむけて泳いでいるんだ。流れてくる虫をこうやって待っているんだ」

といって、武三郎《たけさぶろう》さんは右手を体の前に、左手を後ろにもっていきました。そして、手も腰《こし》もゆらゆらゆらゆらしはじめました。魚になっているのです。泳いでいるポーズなのでした。真剣《しんけん》そのものです。

「んだからエサは、上流に落として流れにのせて、自然《しぜん》に流さなきゃなんね。魚だって、命かけてるんだ。変《へん》だなと思えば、食わねえ。自然《しぜん》と流すんだ」

そういうと、急に前の右手がパッとのびて、パクッとなにかをとるしぐさをしました。暖日山《ぬくいやま》の武三郎《たけさぶろう》と異名《いみょう》をとるのがうなずけるほど、パクッには迫力《はくりょく》もスピードもありました。

「魚はこうやってエサを食うんだ。まあ、やってみろ」

渓流《けいりゅう》釣《づ》りは、糸に目印《めじるし》というものをつけて、うきのかわりにします。エサはみみず。最初《さいしょ》は思う所に投げこむのが、なかなかむずかしいのでした。

三投目、流れにそって流していると、流れが大石にぶつかり、ゆるやかになった所で、グイッと手ごたえがあり、目印《めじるし》も水面に引きこまれました。

「武《たけ》ちゃん、かかった！」

私《わたし》は思わず声を出しました。

魚はぐいぐい深みへともぐって行くようで、さおの先がぐんにゃりまがりました。そうとうな力です。

「オッ、きたか。あわてるな。さおをゆっくりたてろ。ゆっくりだぞ」

私《わたし》はいわれたとおり、さおをゆっくりたてました。すると、魚が水面近くまで上がってきて、銀色にキラリキラリと光りました。なかなかの大きさです。私《わたし》の胸《むね》は大きくふくらんで、息がつまりそうでした。

「もっとたてろ！」

私《わたし》は返事もできませんでしたが、いわれたとおり、まっすぐにさおをたてました。水面に上がってきた魚を、武三郎《たけさぶろう》さんが、たもあみでひょいっとすくってくれました。

「いい魚だ。ホレ、見でみろ。おまえが釣《つ》った魚だぞ。ヤマメだ」

私《わたし》はすぐに声も出ず、ふるえる手で、たもあみのヤマメを手にしました。ヤマメは体がつめたく、側面《そくめん》にあるだ円形の模様《もよう》が、息をのむほど美しいのでした。

「やったあ！　釣《つ》れた！」

私《わたし》はそういうのがせいいっぱいで、武三郎《たけさぶろう》さんを見ると、秋田《あきた》のなまはげ顔がにっこり笑《わら》っています。

私《わたし》が初《はじ》めて出会った朝日川《あさひがわ》の魚でした。

武三郎《たけさぶろう》さんに、いろいろな魚のいるポイントに連《つ》れて行ってもらい、私《わたし》はだんだん釣《つ》りにのめりこんでいきました。いつも良《よ》いポイントを、武三郎《たけさぶろう》さんは私《わたし》にゆずってくれました。おかげで、ほどほどのサイズの魚を、二、三匹《びき》は釣《つ》れるようになりました。

高校生になると、私《わたし》は自転車でひとりで川に出かけるようになりました。ボコボコの道、それもそうとうな坂道を、自転車で登るのは容易《ようい》ではありませんでしたが、川にはそれだけの魅力《みりょく》があって、少しも苦にはならないのでした。

そのころ武三郎《たけさぶろう》さんに教わったのは、『雷《かみなり》三日』ということです。夕立があると、雷《かみなり》は三日続《つづ》くものだということでした。武三郎《たけさぶろう》さんは、

「雷《かみなり》が鳴ったら、遠くてもすぐにさおをたため」

と、雷様《かみなりさま》のような顔で、しつこいぐらいいったのでした。そして、こんなことを語りました。

五月の田植えが終わったあと、武三郎《たけさぶろう》さんは、鉱泉《こうせん》の上流に入って、大物をねらいました。陽《ひ》が昇《のぼ》ると快晴《かいせい》でした。しかし、十時ごろになると、黒雲が出て、西の方でゴロゴロ鳴りはじめたのでした。まだ、そうとう遠くの雷鳴《らいめい》です。まだ大丈夫《だいじょうぶ》とたかをくっていた武三郎《たけさぶろう》さんは、さおをふり続《つづ》けました。だんだんと空は黒くなってきて、雷鳴《らいめい》が近づいてきたようでした。

その時、武三郎《たけさぶろう》さんは、さおを持った右手にイバラがまきついたような痛《いた》みを感じたのでした。どうしたんだろう。ヤブをかきわけた時に、イバラをひっかけ

たのだろうか。すると、またもや、手首からひじまで、チクチクチクとした痛《いた》みです。そして、ビーンとひじまではじかれたような痛《いた》み。武三郎《たけさぶろう》さんは気がつきました。雷《かみなり》の電気が谷にたまって、それがさおを伝《つた》ってきたのだと。長いこと山で釣《つ》りをし、雷《かみなり》にもあったことはありますが、こんなことは初《はじ》めてでした。

そのことを武三郎《たけさぶろう》さんは、私《わたし》に伝《つた》えたかったのです。

それから、もうひとつ、これは昼めしのおにぎりを食べながら聞いた話です。

「あん時ぁ、俺《おれ》はふるえ上がったぞい」

というのが話の始まりでした。


あれはつり橋から三キロばかり上流の、白滝《しらたき》あたりで釣《つ》った時のことだ。その日は調子よくてナ。三十センチ以上《いじょう》のイワナが次々あがってナ。八匹《ぴき》もいたべか。それより少し小さい二十七、八センチのクラスだったら十五も釣《つ》れたべ。イヤア、これは良《よ》き日と思って、釣《つ》り進んだ。エサ入れるたびに、ググーンだ。あんまり釣《つ》れたので、二時ぐらいにはさおをたたんだ。

そして、川の上にある道に登ろうと、雑木《ぞうき》のヤブに足をふみ入れた。道は三十メートルもヤブを登ればある。たしかに、白いガードレールも見える。少し急ではあるが、登れないほどの斜面《しゃめん》でもない。

雑木《ぞうき》や笹《ささ》をつかんで、足をふんばり、ぐいぐい登っていった。大物もよく釣《つ》れ、大漁《たいりょう》だ。こんな日はめったにない。良《よ》き日かな、良《よ》き日かな。俺《おれ》はホクホクして登った。こんなに釣《つ》れた日には、少しも疲《つか》れを感じないもんだ。元気いっぱい。口笛でもふきたい気分だった。それでグイグイ登る。

ところが、いくら登っても、道にたどりつけない。変《へん》だなと思い、見上げれば、やはりガードレールはそこに見えている。なんとしたんだべと思いながら、また雑木《ぞうき》や笹《ささ》をつかんでグイグイ登った。

道は三十メートルぐらいの高さだ。いくら時間がかかっても、十分もしたら登りきれるだろう。変《へん》だ変《へん》だと思いながらも、グイグイ登った。三十分も、四十分もかかっても、道にはたどりつけないのだ。

空を見上げれば、灰色《はいいろ》の雲がみょうにギラギラしている。まわりを見わたせば、ヤブや山一帯《やまいったい》も、夜の始まりのように、変《へん》にビカビカ光って、なまぐさいような風がふいていた。

俺《おれ》は汗《あせ》びっしょりで、その風にふかれると、体がツーンと冷《ひ》えてくるのがわかった。

どうしたんだ。もう一度、ヤブを見わたすと、なんと、近くのヤブの中に、おかっぱの女の子が、まっ白いワンピースを着て立っていた。

それを見たら、汗《あせ》がいっぺんに体からふき出し、それがなんとつめたい汗《あせ》だこと。ゾーッとしたわい。声も出なければ、体も動かない。女の子がじっとこちらを見ている。なにをするわけでもないが、肝《きも》っ玉がちぢみ上がった。

どれぐらい時間がたったのだろう。雑木《ぞうき》がザワザワッと騒《さわ》ぐと、女の子はパッと消えた。すると、体が動く。俺《おれ》はあわてて登りはじめた。どうしたわけか今度は、すぐに道に出られた。俺《おれ》はすっとんで逃《に》げ帰ってきた。
帰ってきて、魚を入れてきたクーラーボックスを開けてみれば、魚が一匹《ぴき》も入
っていねえ。
ありゃあ、きつねだ。
きつねが、女の子を見せているあいだに、魚をとっていきやがったんだ。
あん時はほんとに肝《きも》をつぶしたわい。
いいか。山はなにがあるかわかんねえ。それを覚《おぼ》えておくこった。

今では、暖日山《ぬくいやま》の武三郎《たけさぶろう》さんなんていう人もめったにいなくなりました。武三《たけさぶ》
郎《ろう》さんも年をとり、ひざを悪くしてからは、山や川には行けなくなりました。
私《わたし》は、年に一、二度はふるさとに帰り、朝日川《あさひがわ》に行きます。まだ熊《くま》にもきつね
にも会ってはいません。

ちょっと不《ふ》思《し》議《ぎ》な三つの話

那《な》須《す》正幹《まさもと》

はじめに

日本人は昔から怪談《かいだん》やお化け話が大好《だいす》きで、幽霊《ゆうれい》を見たとか、キツネに化かされたという体験談《たいけんだん》もたくさんあります。でも、そのほとんどは科学的《かがくてき》な説明《せつめい》がつくもので、謎《なぞ》が解《と》けてしまえば、なあんだという話が多いのです。

たとえば、ぼくの生まれた家のそばに大きなため池がありました。ぼくが生まれる以前《いぜん》のことですが、この池で、夜な夜な赤ん坊《ぼう》の泣《な》き声が聞こえるといううわさが立ち、大騒《おおさわ》ぎになったそうです。

ところが、これはウシガエルという力エルの鳴き声だということがやがて分かりました。ウシガエルは大正時代、食用にするため外国から輸入《ゆにゅう》され、これが全国の沼《ぬま》やため池に広がったようです。食用にするだけあって体も大きく、その声ときたら、ウシそっくりで、とてもカエルの声とは思えません。名前も鳴き声からきたのでしょう。このウシガエルがいつのころからか、我《わ》が家のそばのため池にすみつき、毎年夏が近づくと「ブォー、ブォー」と鳴き始めるのです。

ウシガエルは、ぼくが子どものころにもたくさんいて、池のほうから聞こえる鳴き声を子守歌《こもりうた》代わりに眠《ねむ》ったものです。しかし、生まれて初《はじ》めて耳にした人は驚《おどろ》くでしょうし、得体《えたい》の知れない化け物と勘違《かんちが》いしてもしかたありません。

こんな訳《わけ》で、世にも不思議《ふしぎ》な話とか、奇怪《きかい》な出来事といっても、たいていは説《せつ》明可能《めいかのう》なのです。

ただ、ごくたまに、これはどうにも説明《せつめい》のつかないという出来事に出くわすこともあります。これから、その話をしましょう。

1

あれはまだ学校に行く前ですから、五歳《さい》くらいだったと思います。季節《きせつ》は春の終わりころでした。

昼食のあと、母親が買い物に出かけ、ぼくは、ひとりで家の縁側《えんがわ》に腰《こし》かけて母親の帰りを待っていました。我《わ》が家の前は麦畑になっていて、そろそろ青い穂《ほ》がのぞき始めていたと記憶《きおく》しています。空はところどころ綿雲《わたぐも》がかかっていましたが、暖《あたた》かい日差《ひざ》しが縁側《えんがわ》にふりそそいでいました。

そのとき、綿雲《わたぐも》の間から黒いものが姿《すがた》を現《あらわ》しました。一台の馬車です。二頭立ての馬車がゆっくりと空の上を走り始めたのです。

いったいどれくらいの高さでしょう。飛行機《ひこうき》と同じくらいの高さでしょうか。

それにしては、馬車の形や、馬車をひく二頭の馬の姿《すがた》もはっきりと見てとれましたから、いま考えると、五百メートルくらいだったかも知れません。

馬車の形は、西洋の辻馬車《つじばしゃ》に似《に》ていました。とはいえ、まだ五歳《さい》のぼくに馬車の種類《しゅるい》が分かる訳《わけ》がありませんから、大人になって、あの日目撃《もくげき》したのは、たしかこんな形の馬車だったなと確認《かくにん》したのです。

大空をゆっくりと移動《いどう》する馬車を、ぼくはあっけにとられて眺《なが》めていました。時間にして、どれくらいだったでしょう。馬車が我《わ》が家のひさしに邪魔《じゃま》されて見えなくなりました。ぼくは庭に飛《と》び出し、回れ右して屋根の上の空を眺《なが》めました。ぼくの家は平屋で、しかもごく小さな家だったので、馬車はすぐに見つかりました。馬車は、我《わ》が家の屋根のはるか上空を悠々《ゆうゆう》と走り、やがて、背後《はいご》の山並《やまな》みの向こうに消えてゆきました。

時間にして、およそ五分くらいでしょうか。いや、もっと長かったような気もします。

空を走る馬車なんて、いくら子どもでも、これがあたり前の事だとは思えませんでした。まるでおとぎ話の中の出来事です。ぼくは、その話を母親に報告《ほうこく》しましたが、母親は笑《わら》って言いました。おおかた縁側《えんがわ》で昼寝《ひるね》でもしていたのだろう。

実は、ぼく自身も、もしかするとあれは夢《ゆめ》ではないかと考えていたのです。しかし、なるほどぼんやりしてはいましたが、縁側《えんがわ》の端《はし》っこに腰《こし》かけていましたから、昼寝《ひるね》をする姿勢《しせい》ではありません。しかも、馬車が見えなくなったとたん、庭に駆《か》け下りて、馬車の行方《ゆくえ》を捜《さが》したのです。あんなリアルな夢《ゆめ》を見る訳《わけ》ありません。

あの日、目撃《もくげき》した大空を飛《と》ぶ馬車は、いったいなんだったのでしょう。なにか別《べつ》のものを馬車と見間違《みまちが》えたのでしょうか。

それにしては、馬車の形が目に焼《や》きついていますし、真っ黒な二頭の馬の姿《すがた》もいまだに覚《おぼ》えています。ただ、不思議《ふしぎ》なことに馬車をあやつっている御者《ぎょしゃ》や、中に乗っていただろう客の姿《すがた》は、まったく記憶《きおく》にないのです。まあ、はるか空の上を走る馬車を、下から見上げているのですから、中のお客や御者《ぎょしゃ》の姿《すがた》が見えなかったのも無理《むり》はありませんが。

小学校に通うようになってから、友だちに、同じような体験《たいけん》をしたものがいないか、それとなく聞いてみましたが、だれも空飛《そらと》ぶ馬車を見たという子はいませんでした。ぼくの小学校時代は、馬車よりも空飛《そらと》ぶ円盤《えんばん》のほうが有名で、もっぱらそっちのうわさばかりでした。

2

もうひとつ、中学二年生のとき、不思議《ふしぎ》な体験《たいけん》をしました。あれは七月初《はじ》めの午後、社会科の授業《じゅぎょう》の最中《さいちゅう》でした。

「室町《むろまち》文化の特徴《とくちょう》」について、先生が解説《かいせつ》していたときです。ぼくらは教科書を見ながら先生の説明《せつめい》を聞いていました。教科書のページに、金閣寺《きんかくじ》のモノクロ写真が掲載《けいさい》されています。金閣寺《きんかくじ》は、室町《むろまち》時代を象徴《しょうちょう》する文化財《ぶんかざい》で、金箔《きんぱく》を張《は》り巡《めぐ》らせた建物《たてもの》の美しさは現在《げんざい》でも有名です。正確《せいかく》には鹿苑寺《ろくおんじ》の舎利殿金閣《しゃりでんきんかく》と言うのだそうです。

モノクロの写真ですから建物《たてもの》の色は分かりませんが、白っぽい壁《かべ》が心なしかキラキラ輝《かがや》いて見えました。

いや、心なしどころか、本当にキラキラ光っています。あわてて目をこすると、今度は背後《はいご》の庭木の葉っぱが、さらさらと風にそよぎ始めました。なんども見直しましたが、木の葉は動きを止めません。

目が疲《つか》れているのだろう。ぼくはいったん顔を上げ、先生のほうを見ました。先生は相変《あいか》わらず黒板に室町《むろまち》文化について板書しています。

首を曲げて教室の中を見回しました。みんな、退屈《たいくつ》そうに先生の話を聞いています。なかには机《つくえ》に突《つ》っ伏《ぷ》して居眠《いねむ》りをしている者もいます。たしかに夏の午後の授業《じゅぎょう》は一番眠《ねむ》くなる時間帯《じかんたい》です。自分でも気付《きづ》かないうちに、睡魔《すいま》に襲《おそ》われていたのかも知れません。

ぼくは、大きく深呼吸《しんこきゅう》をしました。そして、改《あらた》めて教科書のページに目を落としました。

しかし、同じことでした。金閣《きんかく》の背後《はいご》の庭木の枝《えだ》が細かくゆれ、木の葉もゆれ動《うご》いているのです。そればかりではありません。寺の前にある池の面《おもて》に小波《さざなみ》が立ち始めました。そして、水面《みなも》に映《うつ》っていた金閣《きんかく》の影《かげ》もぼやけてしまいました。

そのうち終業のチャイムが鳴り、社会科の授業《じゅぎょう》はおしまいになりました。いったん教科書のページを閉《と》じましたが、やはり気になるのでもう一度金閣《きんかく》のページを開いてみました。

ところが、庭木の枝《えだ》はぴくりとも動きません。池の水面《すいめん》に小波《さざなみ》が立つこともありません。

さっきのあれはなんだったのでしょうか。眠気《ねむけ》からくる錯覚《さっかく》だったのでしょうか。まあ、そう考えるのが一番常識的《じょうしきてき》です。しかし、あの木の葉のざわめきや、池の面《おもて》を吹《ふ》き渡《わた》る風は、あまりにもリアルでした。

あれ以来《いらい》、ぼくはなんども金閣《きんかく》の写真を見る機会《きかい》がありましたが、木の葉が動いたり、池の面《おもて》に小波《さざなみ》が立ったりすることはありませんでした。

3

もしかすると、これを読んでいる人の中にも、同じような体験《たいけん》をした人がいるかも知れません。日常《にちじょう》生活の一瞬《いっしゅん》、ひょいと別《べつ》の世界をのぞいたような、そんな体験《たいけん》です。

しかし、これから話すのは、いままでとちょっと違《ちが》って、どちらかと言えば怖《こわ》い話です。ただ、ぼく自身は、そのときは別《べつ》に怖《こわ》いとも思いませんでしたが。

ぼくは小学五年生から昆虫採集《こんちゅうさいしゅう》に熱中《ねっちゅう》し、高校でも生物部に入部し、大学も農科大学に入学。森林昆虫学《こんちゅうがく》を専攻《せんこう》したくらいです。

昆虫《こんちゅう》を採集《さいしゅう》するためには野山を歩きまわらなくてはなりません。だから自然《しぜん》に山登りの経験《けいけん》も増《ふ》えますし、そちらのほうにも興味《きょうみ》が出てきます。そんな訳《わけ》で、大学では山岳部《さんがくぶ》に入部して、本格的《ほんかくてき》な登山を始めました。

ぼくの大学は、島根《しまね》県松江《まつえ》市にありましたが、となりの鳥取《とっとり》県米子《よなご》市郊外《こうがい》に伯《ほう》耆《き》大山《だいせん》という険《けわ》しい山があり、岩登りや雪山登山も体験《たいけん》できます。

伯耆大山《ほうきだいせん》は標高《ひょうこう》千七百メートル余《あまり》で、さほど高いとは言えませんが、山頂《さんちょう》から東に連《つら》なる尾根筋《おねすじ》は、両側《りょうがわ》が切り立つような断崖《だんがい》になっています。特《とく》に北側《きたがわ》の山《やま》肌《はだ》は北壁《ほくへき》と呼《よ》ばれ、大岩壁《だいがんぺき》がそそり立ち、岩の間には深い沢《さわ》が刻《きざ》まれていました。ぼくらは、これらの岩場や沢《さわ》を登る訓練《くんれん》をよくやったものです。

北壁《ほくへき》でのロッククライミングには、北壁《ほくへき》直下の元谷小屋《もとだにごや》という無人《むじん》の山小屋に前泊《ぜんぱく》し、夜明けと共《とも》に登り始めるというのが一般的《いっぱんてき》でした。これはどの季節《きせつ》もそうです。雪崩《なだれ》や落石が少ないのがこの時間帯《じかんたい》だと言われていますし、早朝は天候《てんこう》も安定していることが多いからです。

あれはぼくが三年生の秋でした。大学の休みを利用《りよう》して、山岳部仲間《さんがくぶなかま》と二人で沢登《さわのぼ》りを計画し、平日の午後、松江《まつえ》を出発。ふもとの登山事務所《じむしょ》で入山届《にゅうざんとどけ》といっしょに元谷小屋《もとだにごや》の宿泊届《しゅくはくとどけ》も出しました。元谷小屋《もとだにごや》は宿泊無料《しゅくはくむりょう》で、届《とどけ》さえ出せば何日でも滞在《たいざい》できるのです。ただし寝具《しんぐ》の設備《せつび》はありませんし、炊事《すいじ》道具もないので、すべて宿泊者《しゅくはくしゃ》の持ち込《こ》みです。

小屋は入り口の土間の西と北に板敷《いたじ》きの部屋が二つあるだけで、どちらの部屋も五人も入れば満員《まんいん》となります。あとは土間の東側《ひがしがわ》に倉庫《そうこ》とトイレがあるだけです。

平日ということもあり、宿泊者《しゅくはくしゃ》はぼくらだけのようです。北側《きたがわ》の部屋を使うことにして、早速《さっそく》夕食の準備《じゅんび》に取りかかりました。料理《りょうり》はいたって簡単《かんたん》です。魚の干物《ひもの》と野菜《やさい》と豚肉《ぶたにく》たっぷりのいため物、これはあとからご飯《はん》を入れてチャーハンにします。

まずはあぶった魚の干物《ひもの》をさかなにウイスキーで乾杯《かんぱい》、干物《ひもの》がなくなれば今度は野菜《やさい》いためをさかなに飲み続《つづ》けます。やがて野菜《やさい》いためも残《のこ》り少《すく》なくなったところで、鍋《なべ》にご飯《はん》を入れ、卵《たまご》をかき混《ま》ぜると、チャーハンのできあがりです。

この小屋には照明設備《しょうめいせつび》もありませんから、夜になると持参《じさん》のろうそくやランタンをともすか、ヘッドランプで用を足すことになります。

夕食をすませるころには、時刻《じこく》も午後九時近くになっていました。明日《あした》は午前四時起きで行動する計画でしたので、ぼくらは早々に寝《ね》ることにしました。

ぼくはかなり酔《よ》っ払《ぱら》っていたらしく、寝袋《ねぶくろ》に入ったとたん、すとんと寝《ね》てしまいました。

目が覚《さ》めたのは、なにかの気配がしたからでしょうか。部屋の中は真っ暗……。いや、北側《きたがわ》のかなり高いところにある小窓《こまど》からかすかに月の光が差《さ》し込《こ》んできて、部屋の板壁《いたかべ》をぼんやり照《て》らしています。

小窓《こまど》のそばに登山者が立っていました。いつ部屋に入ってきたのでしょう。ぼくらと同年配の若者《わかもの》です。大きめの登山用リュックを背負《せお》っているところを見ると、この小屋に泊《と》まるつもりで登ってきたのでしょう。しかし、それなら先客の

いる部屋は遠慮《えんりょ》して、となりの空き室を使えばいいのに。

ぼくがそんな事をぼんやり考えている間も、壁際《かべぎわ》に立った男は、まったく身動きすることなく、寝袋《ねぶくろ》にくるまっているぼくの顔をじっと見下ろしています。

自然《しぜん》とぼくも彼《かれ》の顔を見返します。いや顔というより、その目です。相手もぼくの目を見つめてきます。まるでにらめっこです。にらめっこなら、最後《さいご》は笑《わら》ってしまうところですが、男の目を見つめているうちに、なぜか悲しくなってきました。壁際《かべぎわ》の男もなんとも悲しそうな顔つきをしているではありませんか。目が涙《なみだ》でうるんでいるようです。ぼく自身も涙《なみだ》が自然《しぜん》にあふれてきて、思わずすすり上げてしまいました。

壁際《かべぎわ》にたたずむ登山者とぼくは、いつまでも泣《な》き続《つづ》けました。

気がつくと、もう朝でした。あわてて部屋の中を見回しましたが、男の姿《すがた》はどこにも見当たりません。となりの部屋をのぞいてみましたが、だれも泊《と》まった様子はなし。

友人にたずねてみましたが、彼《かれ》は、昨夜《さくや》は目がさえて、十二時くらいまで起きていたが、だれも小屋に来た者はなかったと答えました。ということは、あれは夢《ゆめ》だったのでしょう。それにしても変《へん》な夢《ゆめ》でした。

それっきりぼくも、男の事は頭から追い出し、山登りに集中しました。そして予定通り、北壁《ほくへき》にある中《なか》ノ沢《さわ》という沢筋《さわすじ》を完登《かんとう》して、夕方山を下りました。

登山事務所《じむしょ》に立ち寄《よ》ったときです。事務所《じむしょ》の人が、一枚《まい》の写真を見せながら、こんな登山客に出会わなかったかとたずねました。

見れば昨夜《さくや》山小屋で出会った若者《わかもの》に間違《まちが》いありません。ぼくがそれを告《つ》げると、事務所《じむしょ》の人はみるみる顔を曇《くも》らせました。

若者《わかもの》は岡山《おかやま》市のアパートに住む独身《どくしん》男で、先週の日曜日から行方不明《ゆくえふめい》なのだそうです。山登りが趣味《しゅみ》なので、もしかすると大山《だいせん》にやってきたのかも知れないと、捜索願《そうさくねがい》が回ってきたというのです。

「あの小屋には、ときどき出るんだよなあ。そうか、あそこに出たってことは、たぶん北壁《ほくへき》のどっかで迎《むか》えを待ってるってことだろう。念《ねん》のため、明日《あした》から捜索《そうさく》隊《たい》を出してみるか」

事務所《じむしょ》の人は、独《ひと》り言《ごと》のようにそう言うと、大きなため息をつきました。

若者《わかもの》の遺体《いたい》が北壁《ほくへき》の岩の間で発見されたのは、それから一週間後のことです。新聞記事によると、尾根筋《おねすじ》を縦走中《じゅうそうちゅう》に足を滑《すべ》らせ、墜落《ついらく》したのではないかということでした。

そのときになって気がつきました。あの若者《わかもの》の頭があったところは、床《ゆか》から二メートルくらいのところですし、彼《かれ》の上半身は登山服の柄《がら》まで目に焼《や》きついていますが、下半身を見た記憶《きおく》はありません。

あれ以来《いらい》、ぼくは幽霊《ゆうれい》の存在《そんざい》を少しは信《しん》じるようになりました。

著者プロフィール

小森香折（こもり・かおり）　東京都生まれ。主な作品に『ニコルの塔』『かえだま』「歴史探偵アン&リック」シリーズ、翻訳絵本に『おこりんぼママ』『喜劇レオンスとレーナ』などがある。

森川成美（もりかわ・しげみ）　東京都生まれ。主な作品に『くもの ちゅいえこ』『あめあがりのかさおばけ』『妖怪製造機』『フラフラデイズ』「アサギをよぶ声」シリーズなどがある。季節風同人。

石井睦美（いしい・むつみ）　神奈川県生まれ。主な作品に「すみれちゃん」シリーズ、『都会のアリス』『わたしちゃん』、絵本に『しろうさぎとりんごの木』『はひふへほんやさん ほんじつかいてん』などがある。

光丘真理（みつおか・まり）　宮城県生まれ。主な作品に『タンポポ あの日をわすれないで』『ようこそ、ペンションアニモーへ』『あいたい』『給食室のはるちゃん先生』「いとをかし！百人一首」シリーズなどがある。

加藤純子（かとう・じゅんこ）　埼玉県生まれ。主な作品に『モーツァルトの伝言』『母と娘が親友になれた日』「勾玉伝説」シリーズ、近刊に『日本で初めての女性医師　荻野吟子』などがある。

工藤純子（くどう・じゅんこ）　東京都生まれ。主な作品に『セカイの空がみえるまち』「プティ・パティシエール」シリーズ、「恋する和パティシエール」シリーズ、「ダンシング☆ハイ」シリーズなどがある。季節風同人。

池田美代子（いけだ・みよこ）　大阪府生まれ。主な作品に『炎たる沼』『自鳴琴』「妖界ナビ・ルナ」シリーズ、「新 妖界ナビ・ルナ」シリーズ、「摩訶不思議ネコ・ムスビ」シリーズ、「海色のANGEL」シリーズなどがある。

山口 理（やまぐち・さとし）　東京都生まれ。主な作品に『ロード』『それぞれの旅』『ゴジラ誕生物語』『時のむこうに』「ドラキュラ・キューラ」シリーズ、「あくまで悪魔のアクマント」シリーズなどがある。

最上一平（もがみ・いっぺい）　山形県生まれ。主な作品に『ぬくい山のきつね』『ユッキーとともに』『おかめ ひょっとこ』『ゆっくり大きくなればいい』『ともだちのはじまり』などがある。

那須正幹（なす・まさもと）　広島県生まれ。主な作品に「ズッコケ三人組」シリーズ、『折り鶴の子どもたち』、「ヒロシマ」三部作、『少年たちの戦場』『塩田の運動会』などがある。

編　者

たからしげる

1949年、大阪府生まれ。立教大学社会学部社会学科卒業。産経新聞社入社。記者として働きながら児童書を書き始める。主な作品に「フカシギ系。」シリーズ、「絶品らーめん魔神亭」シリーズ、「フカシギ・スクール」シリーズ、『閻王の街』『ミステリアスカレンダー』『ふたご桜のひみつ』『盗まれたあした』『ギラの伝説』『さとるくんの怪物』『みつよのいた教室』『落ちてきた時間』『ラッキーパールズ』『プルーと満月のむこう』『想魔のいる街』『由宇の154日間』『３にん４きゃく、イヌ１ぴき』『ガリばあとなぞの石』、ノンフィクションに『まぼろしの上総国府を探して』『伝記を読もう　伊能忠敬』、絵本に『ねこがおしえてくれたよ』（久本直子絵)、訳書に「ザ・ワースト中学生」シリーズ（ジェームズ・パターソンほか著）などがある。2014年、産経新聞社編集局文化部編集委員を最後に退社。趣味は映画鑑賞とドラム演奏。

イラストレーター

shimano

神奈川県在住。イラストレーター。書籍の装画や挿絵など、幅広くイラストを手がける。主な装画に、『僕が愛したすべての君へ』『君を愛したひとりの僕へ』『一番線に謎が到着します　若き鉄道員・夏目壮太の日常』『なくし物をお探しの方は二番線へ　鉄道員・夏目壮太の奮闘』『きみといたい、朽ち果てるまで　～絶望の街イタギリにて』『この世で最後のデートをきみと』などがある。

本当にあった？　世にも奇《き》妙《みょう》なお話

2017年３月15日　第１版第１刷発行
2019年６月26日　第１版第２刷発行

編　　者　たからしげる
発 行 者　後藤淳一
発 行 所　株式会社ＰＨＰ研究所
東京本部　〒135-8137　江東区豊洲5-6-52
児童書出版部　☎03-3520-9635（編集）
普及部　☎03-3520-9630（販売）
京都本部　〒601-8411　京都市南区西九条北ノ内町11
PHP INTERFACE　https://www.php.co.jp/

制作協力
組　　版　株式会社ＰＨＰエディターズ・グループ
印 刷 所
製 本 所　図書印刷株式会社

ISBN978-4-569-78631-5

NDC913 ＜187＞P 20㎝